JN190240

ヴォブルン風オムレツ

コストラーニ・デジェー短篇集

岡本真理 訳・解説

未知谷
Publisher Michitani

ヴォブルン風オムレツ　目次

ヴォブルン風オムレツ

＊コストラーニ・デジェー短篇集

ヴォブルン風オムレツ　Omlette à Woburn

学期が終了し、エシュティ・コルネールは帰省の途についた。三等車の〝ハンガリーの〟車両に乗り込んだとたんに、あの懐かしい、すえたようなにおいが鼻をついた。貧しい故郷ハンガリーのにおい。帰ってきた、と実感した。

夕ぐれ時で、汚れた通路にはまるで戦場のように足や頭があちこち転がっていた。便所に行くときには、疲れ切っていびきをかく人々の所構わず放り出された足や転がった頭を慎重に避けながらたどり着かなければならなかった。誰かの口や鼻を間違って踏みつけないようにと用心した。

眠れる人々は、時々体をもぞもぞさせて木製の座席の下やそこらに紛れ込んだ自分の手足を引き寄せ、最後の審判の日のように少し身を起こして目をこすると、ふたたび海の向こうから持ち帰った疲労の底に沈んでいった。彼らのほとんどは出戻りの移民で、色とりどりのぼろ布に身を包み、ずた袋やら枕やら布団やらを持ち運んでいた。頭巾をかぶった貧しい女はブラジル帰りで、幼い娘を腕に抱いて眠らせていた。

　夕暮れの薄暗がりの中、この悪臭立ち込める動物の群れに囲まれて一晩、さらにブダペシュトに着くまでまだ丸一日を過ごさないといけないと思うと、憂鬱《ゆううつ》になった。ずっと立ちっぱなしだったので、足ががくがくしていた。人々の服から立ち上る蒸気や石炭の煙の鼻をつくにおいのせいで、胃がむかついた。

　夜八時に列車はチューリッヒ駅に入った。窓から身を乗り出し、山の斜面に点々とたたずむ家々をコルネールはうっとりと眺めた。まるでおもちゃのように並ぶ屋敷の窓には、夢見るような明るい光が灯っていた。午後に雨が降ったので、空気は澄み、湿気がなく、ガラスのように透き通っていた。不意にここで下車したい、明日の朝にまた旅を続ければいいという気持ちが抑えきれなくなった。

　もともとは途中下車せず、まっすぐ帰国するつもりだった。その方が節約もできた。ポケットを探ってみた。十一フランある。国境で両替した全財産だった。おもむろに荷物をつかむと、彼は列車を降りた。

　切符にハンコを押してもらい、薄っぺらな古ぼけた学生用トランクを駅の荷物一時預かり所に預けると、ぶらりと町に出かけた。悔いはなかった。何の思い出にも縛られずに知らない道をぶらぶら歩いたり、恥のかき捨てとばかり家の窓をのぞき込んでみたり、傘を閉じてのんびり満足げに散歩する人たちを眺めるのは素敵だった。どういうわけか、彼らの一挙一動が魔法のように感じられた。すべてにうっとりとした。古い館や中庭のある木造の壁の家々はホテルになっていて、旅人を誘っていた。

まもなく学生用の宿泊所を見つけ、三フランで中庭に面した小さな部屋を借りた。風呂を浴びると、さっそく湖に出かけた。湖面に張り出した家々と防波堤に囲まれた湖は、まるで磁器製のインク壺の中で空色のインクがさざ波を立てているようだった。ボートがたった一艘、まるでおとぎ話のような明かりを灯し、向こう岸のあたりで揺れていた。しばらくの間それをじっと眺めていたが、ふいに空腹であることに気がついた。

ひどくおなかが減っていた。腹ぺこだ。それもそのはず、この日はりんご二個を食べたきりだったのだから。すぐに宿舎に戻り食料品店に行って何か手に入れようと考えた。あちこちの通りを歩き回って食料品店を探したが、なかなか見つからない。仕事熱心でまじめなスイス人はみんなもう寝床に就いてしまったらしい。ふと木陰から明かりが漏れているのが見えた。こぎれいでちょっとした庭のあるレストランのようだった。そこに入ることにした。

何の疑問もなく、青いあじさいが咲く垣根の間を通って隅のテーブルの方へと進んでいった。テーブルにたどり着くや、すかさず四人のモーニング姿のウェイターが、まるで泥棒を囲む秘密警察のように彼を取り囲んだ。

ちょっと驚いて彼はウェイターたちを見た。というより、いささか腹立たしい気がしたのだ。こんな無防備の人間にたいして四人も束になってかかって来るとは。何にしろおおげさ過ぎるだろう。

ウェイターたちは、機械的に、ややよそよそしく自らの任務を遂行した。彼らにはそれぞれに個別の役割があった。一人目は帽子を受け取り、二人目は雨風に打たれて擦り切れた雨がっぱを脱がせ、三人目が鉄製のコートかけにそれをかけた。四人目は一番背が高く、氷のように冷静に構えた紳士で、薄くなった黒い髪を真ん中分けにしていた。お固くて気品のある、まさにお大臣様といった感じで、革綴じの金色の飾りが型押しされた薄い本を彼の前にうやうやしく差し出した。その態度は、まるでそれがこの世に一部しか存在しない最古の活版印刷物かと思わせた。しかし、この本はどのテーブルにも置かれていた。メニューだったのだ。

コルネールは嫌な予感がしたが、動揺しつつも席につくと、その豪華本を開いた。レストランの名前と創立年の「１７９３」という数字、それから朱色の紋章があり、その下には料理の説明書きが完璧にタイプされた文字で固い紙に長々と並んでいる。内容はよく理解できないが興味のおもむくままメニューをめくる。四人のウェイターはいらいらした様子を微塵も見せず、軽く気をつけの姿勢をとったまま、というかむしろ舞踏会で控えている騎士のように、確信と信頼に満ちた態度で待機していた。その光景からはある種のおごそかさが滲み出ていた。

やがてお大臣様が、頭をやや斜めにかしげ、この上なくはかなげなフランス的気品を放ちながら「お食事でしょうか」と訊ねた。客はうなずき、オムレツを注文した。卵三つのオムレツだった。

お大臣様は場にふさわしい敬意をこめて注文を繰り返し、〝前菜は〟オムレツでございますねと強調したが、そう言いながら顔には夢見心地の微笑みを浮かべていた。そして、まるで注文がちゃんと理解できなかったかのように、なおもテーブルのところに立っていた。実のところ、オムレツには三種類あったのだ。ナポレオン風オムレツ、ジンガレッラ風オムレツ、それからヴォブルン風オムレツ。どちらがよろしいでしょうかというのだ。

どれにするべきか。

ナポレオンの世界征服の野望には嫌悪感を抱いていたし、ジンガレッラ（訳注：イタリア語で「ジプシーの娘」の意）も今ひとつだった。ヴォブルンとは何ぞや、これは皆目見当もつかなかった。そもそも何でも構わないのだ。ひどく空腹だったので、とにかくなるべく早く持ってきてくれて、なるべく量が多く、なるべく安ければいいのだ。とはいえ、そのように伝えるわけにはいかない。耳をそばだてると、ウェイターたちは互いにイタリア語で会話していた。そこでイタリア語で話しかけてみたが、これに対してお大臣様は冷ややかに、せっかく彼が示した親しみの情を突き返すかのようにドイツ語で返事をした。高貴な人間は一言語で話すものだといわんばかりに。

気おくれしながら、彼はヴォブルン風オムレツに決めた。

お大臣様は承知いたしましたとうなずいて下がった。そのあいだに他のウェイターたちはとりどりのワインリストを持ってきて、ワインクーラーにフランス産の甘口シャンパンやイギリス産や、貴腐ワインやらテーブルワインやらを準備した。彼は水を注文した。ミネラルウォーターでしょうか？　いえ、ただの水です。井戸の水。水道の水。そう。そうです。

ようやく一人きりになれた。

まず目に留まったのは、レストランの真ん中に据えられた給仕用のテーブルだった。紫色の炎にはよくわからない料理がセットされていた。あとで判ったのだが、ウェイターは客に出す前に料理が冷めてしまわないよう、この特別なランプで皿を温めていたのだ。夜も更けて、店には客は多くなかった。遠くの席にモーニングを着た金髪の外交官風の洒落男が坐り、その向かいのテーブルにはドイツ人の若い女性が二人、白髪頭の父親と坐っていた。父親は職人風情の古きよきスイス市民といった感じだ。近くのテーブルには八から十人の男女のグループが陣取り、みな盛装していた。どうやら長いディナーの中盤のようで、シャンパンを赤ワインで割ったものを飲んでいた。お大臣様の目配せ一つでウェイターたちはグラスや盃、銀製の蓋をかぶせた銀製の皿などを次々と運び、客らは急ぐ様子もなく、どちらかというと会話の展開の方にばかり気を取られながら、魚料理やカニの爪を取り分けたり、またこの類のレストランに独特の、化粧をした女性の顔のように赤みをおびた肉料理を味わっていた。彼らの中には料理にちらと眼をやったきり、もう結構と手で合図をする者も何人となくいた。

コルネールは不安になってあたりを見まわした。どのテーブルにもクリスタルのグラスがきらめいていた。店の中央にあるガラスのシャンデリアが、男たちのシャツの胸元と女たちのダイヤや髪飾りに幻想的でやわらかな光を振りまいていた。正直なところ、不必要にきらびやかだとも思った。それからまだ他の発見もあった。すぐ足元には湖が小さなさざ波を立てていた。夏のシーズンだけ湖上に張り出している小洒落たレストランなのだ。舞台ではひげを生やしたジプシーの楽団が、眼鏡をかけて楽譜を見ながら演奏していた。

これらのことすべてがひどく悪い前兆に感じられ、夢中でメニューを隅々までめくって調べた。値段はどれもだいたい十五フランから三十五フランの間だった。しかし、料理によっては値段が示されず、クエスチョンマークだけが書いてあったりもして、それはまるでレストランの金持ちオーナーが何世紀もかけて築いた財産を抱え込んではなそうとせず、値段を知りたがる卑しい人々に意地悪く肩をすくめてみせたり、はぐらかしたりするかのようだった。このあたりではウェイターも客もこの手の話題は口にせず、上品に避けていた。お金のことは話すべきでないし、意地汚く恥ずかしいことで、何よりも当然のこととしてみんな十分に持ちあわせているのだから。

彼はいよいよ眉をひそめた。突然罠にかかったことに気がついた者のように必死にヴォブルン風オムレツを探した。たった今ひょんな縁でお近づきになったヴォブルン風オムレツ。あった。前菜の列に並び、値段がまとめて記載されているのでよく分からない。掛け算をしたり割り算をしたり、手元の十一フランをヨーロッパのさまざまな通貨に換算しようとやっきになったが、そうしたところで増えるわけもなかった。汗のにじむ掌で無精ひげのあごを撫でた。生きた心地がしなかった。もし誰かに左手の小指を切り落としたらこの場を切り抜けられるよと耳打ちされたら、きっとそうしたに違いなかった。出口の場所を何度も盗み見した。

もうかれこれ半時間もウェイターがこない。完全に忘れられているようだ。これよしと退散しようと決めて、ベルを押した。

その瞬間、もうウェイターたちはテーブルを取り囲んでいた。客一人に対し二人も三人も行き渡るほど、手厚く配備されているらしい。

急いでお詫びを繰り返し、お客様の料理はもうすぐご用意できますので、という。待っているあいだパンを注文することにした。もうこれ以上空腹を我慢するのは無理だったのだ。

ウェイターの一人がトーストをクリスタルグラスの皿に載せて持ってきた。ぺらぺらの紙のように薄いパンで、まるで最後の晩餐で魂を生き返らせ永遠の命をもたらすという天上のパンかと思われた。ゆっくりと噛みしめる。十五分ほど経つと、今度は給仕用テーブルの周りで謎の慌ただしい動きが起こった。ウェイターが勢ぞろいし、祭壇に整列するようにテーブルを囲んだ。給仕役が銀製の蓋をかぶせた大きな皿を運んできて、しばらく紫色の炎の周りでなにやら立ち振る舞うと、彼の方ににじみ寄り、テーブルに温めた皿を置いた。残りのウェイターたちも協力しあって、お大臣様じきじきの監督のもと、テーブルサービスが披露された。蓋が外されても、コルネールはすぐに料理を直視することができなかった。これまでに起こったことを考え合わせると、オムレツの真ん中からクルミ大のダイヤモンドが出てきて、周りにルビーやサファイイヤが添えられていたとしても驚かなかっただろう。なので、ヴォブルン風オムレツとやらが、いつも母親が焼いてくれるオムレツとそっくりなのを見たときには落胆を禁じ得なかった。オムレツは魚のかたちに焼かれて、銀製の大皿の真ん中にぽつんと、まるで無限の宇宙にさまよい泳ぐかのように収まっていた。給仕役はナイフとフォークでこれを押さえたかと思うと、客の皿に移す前に、この店の伝統のやり方なのか、はたまたヴォブルン風オムレツが見たところ本当に魚に似ているせいなのか、あっと驚く速さで両端を切り落としてしまった。まるで食べられない魚の頭と尾を切り落とすように。これによって料理は明らかに小さくなったのだが、そんなことを気にする様子もなく、もう一人のウェイターが高々と差し出した別の銀製の皿にそのオムレツの切れ端を捨てたのだった。コルネールはこれをひどく痛ましく感じた。恨めしく悲しい思いでその後ろ姿を追った。

オムレツはあっという間に腹に収まった。思った以上に小さく、一人前の半分にも満たなかった。パンはもう食べてしまったし、これ以上注文する勇気もなかった。そこで水をコップに二杯飲んだ。

湖は心地よい波音を立て、楽団はタンホイザーを演奏し、目の前の男女のグループはまだ晩餐を続けていた。しかし、そんなことにはもう関心が薄れてしまっていた。それより、このあとはどうなるだろうか。覚悟を決めて支払いに臨む。お大臣様が万年筆を走らせ計算するあいだ、彼は目を閉じて待った。さまざまな気まずい場面を想像してみる。大騒ぎ、ウェイターたちの驚いた顔、激しく興奮した言い合いに続いてドアを指される、殴り合い、警察、それに事情聴取などなど。心臓がのどから飛び出そうだった。ようやく目を開けると、勘定書はもう目の前の皿に置かれていた。合計金額が四フランとあった。財布を取り出し、ゆっくりと喜びをかみしめながら手探りする。まるで札束の山からやっとのことで取り出したかのように十フラン札を出すと、すましてテーブルにぽんと放り出した。おつりは六フランだった。賭けに勝って獲得した賞金のようにそれを手の中でチャリチャリ鳴らすと、慈悲を施す喜びに浸りながらウェイターそれぞれに一フランずつを、そしてお大臣様には二フランを渡した。

チップがばかに多いことにウェイターたちは目を見合わせたが、お辞儀をするとさっさと下がっていった。

彼は自分で雨がっぱを着た。

店を出る時ふたたびお大臣様とすれ違った。腕を高々と上げ、いかにも重大な任務に従事している風だった。コルネールはじっとその目を見つめた。向こうから挨拶をしてくるだろうと期待したのだ。しかし、あちらは取り込み中のようすで、挨拶をしてこなかった。そこで彼の方が帽子を持ち上げて会釈した。

これもまずいやり方だった。

じわりとこみ上げる羞恥心と自己嫌悪に赤くなりながら、通りに出た。息を大きく吸うと駆け出した。ツヴィングリの像まで走った。そこでようやく自分の置かれた状況を認識した。宿に戻ることはもうできない、残ったお金で明日荷物預かりの支払いをして、先を急ぐのがせいぜいだった。それでも、最悪の冒険を終えて死の淵から生還できたかのように嬉しかった。帽子もかぶらず、夏の星空の下をぶらついた。あてもなくさまようあいだ、何度もくりかえし例の店の前を通った。もう店は閉まり、中は暗かった。湖畔のベンチに腰掛けると、たわいもないことが次々と頭をよぎった。外交官の洒落男、親方と育ちのよさそうな二人の娘、シャンパンを赤ワインで割って飲んでいたグループ、そして挨拶を返してくれなかったお大臣様。両端を無残に切り落とされて銀の皿に捨てられたヴォブルン風オムレツのことも。

突然眠気が重くのしかかってきたように感じて、ベンチのひじに頭をもたせかけた。しかし眠りはしなかった。

声を押し殺して、激しくすすり泣いた。

（1927）

二匹のジャッカル　Sakálok

「白と赤を飲んで、それから緑も、手あたりしだいの強い酒をちゃんぽんで飲んだのさ」とエシュティ・コルネールは話し始めた。「夜中じゅう騒いだよ。朝方の四時ごろになって、連中はようやく重い腰を上げて帰り支度を始めた。外は一月の陰気な雨がしとしと降っていた。僕はパタキに泊めてくれと頼んだ。当時はよく泊まり合いをしたものだった。変化を求めてね。僕らは二十歳で物書きを目指していた。ただ人生の機微というものを早く知りたくて、他のことなんかどうでもよかった。こういうどんちゃん騒ぎの後は、他人の家で他人のベッド、他人のシーツやにおいに包まれてうとうとするのも、聞いたことのない目覚まし時計の刻む音を聞くのも、翌日の正午を過ぎた頃に寝ぼけながら奇妙な音を聞いて目を覚ましたり、見たことのない羽根叩きやろうそく立てを感心して眺めたりするのも格別な喜びだった。

相棒は家にあるパジャマで、自分のと同じようにボロボロでボタンが取れたやつを貸してくれた。カバーもしない枕を引っ張ってきて長椅子をベッド代わりにすると、横になり、馬の毛でできた毛布のようなものをかぶった。

この日はやたらと煙草を吸ったよ。四十本はふかしただろう。それでも横になってさらに一本吸った。青春とはあまりに甘ったるくて、こんな風にちょっと苦みを足す必要もあるんだ。

パタキはしばらく僕の前に立っていたけれど、それから磁器の水差しをとって、部屋から出て行こうとした。

僕はにわか作りの寝床に肘をついて言った。

「どこに行くんだ?」

「台所だよ」

「なんで?」

「水を持ってきてやるよ。朝からだを洗うといい」

「そうか」僕はぼそっと言った。

客への気遣いだったろうが、あまり嬉しくなかった。それより、この自分を放っておくのかと思うと腹立たしくなった。清潔をよしとする大昔から変わらないこの衛生観念とやらにも反吐が出る気分だった。

「すぐ戻るよ」とすでに部屋を出ながら友は言った。

「〝すぐ〟ってどのぐらい？」

「一分だ」

「待てよ」僕は考えながら言って、壁のはがれたその賃貸部屋を見回した。

彼は待っていた。

もう互いに言うことなどなかった。それまでさんざん、十時間も一緒にいて、たいがいのことを話し、解決し、議論し、ケチをつけたのだから。世界文学の偉大なる死人たちは、僕らより前の世代に食い散らかされていたものの、そのおこぼれの肉もとうの昔に僕らはしゃぶり尽していたのだった。正直なところ、お互いに対しても飽きてうんざりしていた。友情の悪戯な魔法とはまさに、それでもなお互いに離れることができないということにあった。

「何だよ」パタキは訊ねた。

「いや」僕は言い淀んだ。どう続けるか、まだまるきり考えていなかったのだ。「そう、どうだい、その、本当のところ、どう思う、もし部屋に戻って来て僕がいなくなっていたら？」

「何の話？」と訊いて、眠そうな目で驚いたようにこちらを見た。

「つまり、とにかくもういなくなってしまったら」

「どこかに隠れるとか？」

「いや」

「逃げ出すとか？」

「まさか」

「窓から飛び降りる？」

「ちがう。ただ消えてしまうんだ」

「どうやって？」

「それがわからないんだ。仮に僕が消えてしまうとしよう。永遠に謎のまま露と消えてしまう、どんなに探してみても影も形もなく、だ。しかも君が部屋を出たその隙にね」

「ああ、そういうことか」パタキは言った。「わかった」といつものくだらない話題に乗ってくるように、真面目な顔で考え込んだ。「そうだなあ……」

「待てよ。順を追って話そう。つまり今、君は部屋を出ていく。一分のあいだ——いや、そんなにかからないかもしれない——水をいっぱいに汲んで、手に水差しを持って戻ってくる。そこで、ソファが空っぽだと気づく。すべては元の通り。枕も毛布もしわくちゃなまま。ランプもついたまま。僕だけがいない、完全にね」

「だけど」と彼は言った。「服は残ってるのか？　ズボンもコートも？」

「全部そのまま。僕がいないだけだ」

「窓は開いている？」

「閉まっている。雨戸も下ろしてる。今みたいに」

「面白いな」と友は言ったが、実際本当に面白がっているようだった。

「どうする？」

「まず、あたりを見回すだろうな」

「どんなふうに？」

「こんなふうに」とやってみせた。

「違うね。まだそんなに仰天してないはずだ。だって何のことだかまだ疑いもしてないだろう。冗談だと思うだろう。それとも自殺か。いずれにせよ、僕らが思いつく範囲のことだ。そういうことにはそこまで驚愕しないものだ。とにかく、君の顔演技はちょっとやりすぎだよ」

「じゃあこれは？」

「そのほうがまだいい。じゃあ続きだ。君はまだ水差しを手に持ったままだ」

「名前を呼ぶだろうな。最初大きな声で。それから小さい声で。〝イシュトヴァーン、イシュトヴァーン〟」

「いいねえ。たずねるようにね。でも一回だけ、たったの一回だけだ。名前を呼んだとたん、なんとなく――辺りの静けさからだろうけど――感じるんだ。もう僕はいない、話す相手はいないって。ものに向かっては話さないからね。少なくともまともな神経のやつは」と僕はきっぱりこう言いながら、ほとんど苛立っていた。

「わかったよ」と相手はこちらのことはかまわず続けた。すっかりハマりだしたのだ。「床に水差しを置く。捜索を始める。ソファの下、ベッドの下、たんすの中と探し回るよ。ドッキリをしかけているんじゃないかと思って、シーツや布団をひっぱがす。それから窓に駆け寄る」

「その調子」

「窓を大急ぎで開けて身を乗り出し、歩道や車道を見るんだ。もしかして死んで横たわっているかも、血を流して。で、やっぱりいない」

「ここは何階?」

「五階だ。わきの路地にも人影はない。また通りに向かって大声で呼ぶ。返事はない。それから窓を閉める」

「ここではじめて本当にぞっとするんだ」

「また探し始めるけれど、今度はありえない場所ばっかりだ。タオルの下、ハンカチの下、手あたり次第、わめきながら、椅子も倒してしまう。そこで急にすばらしいアイデアが浮かぶんだ」

「何だって？」

「やっぱり玄関を出て、階段か表通りに出て行ったんだろうって」

「ドアは鍵がかかっている？」

「ああ。鍵は僕が持っている。ということは、それもないな。台所の横が玄関のドアだ。もし合鍵で開けたら、絶対に聞こえるよ。それに、この雨が降る夜中に裸で表に出て、何の用があるんだ。可能性はひとつ。君は気が狂ったんだ」

「今ひとつだな。僕が気が狂ったからいなくなったって？　イマイチだね」

「でもやっぱりそう思うしかないよ。で、部屋にこれ以上いられなくて、一人でいるのが恐ろしくなる。とにかく管理人のところに大慌てで降りていく。シャツ一枚の男が出て行かなかったかって訊ねる。管理人を連れて部屋へ上がる。奇怪な犯罪を疑って警察署に走り、救急に電話して……」

「ちがうね」と僕は大きな声できっぱり言って、抗議の意味で人差し指を立てた。

「ここまで完璧だったよ。部屋から逃げ出したい、もう限界だ、とね。しかし、僕が狂ってしまったと思ったとたん、君の方が狂っているんだ」

「誰がだって？」

「君だよ、君」

「なんで？」

「だってここで君は、これは世界のはじまり以来起こったことのないことだと自分の感覚で感じ、確信するんだ。自分の脳みそに収まりきれない、知性の枠組みを破壊するような出来事、狂気そのものだってね。君の目の前で世界はたちまち歪んでしまう。背筋は水がひとすじしたたるようにぞっと冷たくなる。周りの物たちがみな君を見てにやりと笑う。君の方も冷静ににやりと返すんだ。そして君は思わず笑いだす」

「狂ってるよ」とパタキは薄ら笑いを口もとに浮かべて言った。「君の方こそ狂ってるんだ」

水差しが手の中で震え、顔色も水差しのように白くなった。僕の方をじっと見ている。

「さあ」僕は言った。「もういいから、行って水を汲んで来いよ。もう遅い。寝よう」

友は一歩あるくとすぐ立ち止った。

「頼むよ」と震える声で言った。「台所について来てくれないか」

「怖がってるのか？」

「ああ、怖いんだ」

僕はソファから飛び起きて、玄関を通って台所について行った。水がぴちゃぴちゃ音をたてて跳ねていた。石の床は氷みたいに冷たくて、焼け跡を歩く時みたいに裸足の足をあわてて交互に上げなければならなかった。

部屋に戻ると、パタキはぶるぶる震えていた。

「ずいぶん吸ったな」と罪を懺悔するかのように力なく言った。「ニコチン中毒気味だ」と言って、もう一本煙草に火をつけた。

「もう寝ろよ」僕は言った。「部屋もすっかり冷え切ってる」

相棒は口に煙草をくわえたまま服を脱ぎ、そのまま銅製のベッドを軋ませて寝床に潜った。

僕はランプを消した。友が吸う煙草の火だけが、室内の陰気な冬の闇を照らしていた。

僕らは長いこと黙っていた。

最初に口をきいたのは彼のほうだった。

「なあ、なんでそんなこと考えたんだ?」

「さあ自分でもわからない」

「だいたい意味がないよ」と友は自分に言い聞かせるように言った。「ばかばかしいよ」

「そうだね」

「ありえるのだったら怖くない。でもありえないんだから。ありえないことは考えても意味がない」

「ありえないことだけが考える意味があるんだ」僕は吹っかけるように言い返した。「ありえないことこそ、面白いしぞくぞくする。ちまたの妖怪小説を見てごらんよ。いつもうんざりする。だって、かつて生きていた人が生き返るのは当たり前、住んでいた家に帰ってくるのはさらに当たり前――いったいどこに帰れるっていうんだろうね？　哀れだよ――そして究極はぼろぼろの服とぼろぼろの肉体で、昼ひなかじゃなく暗闇、できれば真夜中にふらふらしなきゃいけない、でなきゃ目立ってしまってすぐ角の交番のお巡りにつかまってしまうからね。いかにも作り話、陳腐で古くさい受け狙いだ。本物の奇怪とは、今僕が思いついたようなことさ。こういうのが本当に恐ろしい。説明がつかないことがね。僕がどんなことを怖いと感じるかわかるかい？　たとえば、夜寝ようとすると枕の下から黒い羊が出てくる。それがまるでいつもそこにいたけど、こっちが今はじめて気がつきましたってふうに寝そべっている。または、家に帰ってランプを灯す。部屋の真ん中に農民の若者が広い袖のシャツとハレの日の飾り帽子をかぶって陽気な顔で微笑んでいて、僕がびっくりしているのを見てびっくりする。これは難解だよ、まったく」

「深いね、まったく」パタキは賛同した。「とても深い問題だ。小説にするべきだよ」

「まあ、いずれそのうちにね」僕はめんどくさそうにあくびをしてみせた。「じゃ、おやすみ」

「おやすみ」

とは言ったものの、二人ともなかなか夢の中へ入っていくことができなかった。雨戸の隙間から一月の薄い朝日が差し込んで来た時、僕らはまだしきりに寝返りを打って、安作りの寝床をぎいぎいいわせていた。この時になって、僕は本当の恐怖を感じたんだ。もしかして今この瞬間に、何の理由もなく見事にぱっとこの世から消えてしまうかもしれないってね。

七時くらいになって、二人ともほとんど同時に眠りに落ちた。若い駆け出しの物書きで、落ち着きがなく、心臓は脈打ち血が沸きたぎっていた僕たちは、今日やるべき大切な仕事はすっかり終えたような満足感にひたっていた。

（1927）

エシュティと死 Esti és a halál

とてつもなく慌ただしい一日が待っていた。翌日、外国に発つ予定だった。

朝起きると、パスポートを受け取りに出かけた。道を歩きながら、朝届いた郵便の封を開けた。午前中に記事を一本書き上げることや、銀行で外貨を買うこと、出版予定の小説の一節に使うつもりでずっと考えを温めてきたことばのこと、それからいくつか仕事上の大切な約束のことなどを考えていた。そうしながらスペイン語新聞に目を走らせていた。

車道を渡った時、大声でわめく声がした。

「おい！」と怒鳴り声が聞こえた。

続いて、何人かが恐怖におののいて叫んだ。

「うわぁ」

エシュティは新聞を地面に落とした。

車道の真ん中に立っていた。すぐ足元、目の前に車があった。鋼鉄の車体は急停止してもなおエンジン音を唸らせ、斜めに歩道に突き上げて、レストランのラヴェンダーの植木をなぎ倒していた。

蒼ざめた人々がこちらに向かってしきりに手を振っていた。驚愕しながらも、間一髪で助かったことにほっとしているようすだった。老婦人は手を揉みしだいていた。

「歩きながら新聞を読むとはな！」車の運転手はかんかんになって言った。茶色のサングラスを外すと、それを突きつけるようにして繰り返した。「歩きながら！」

「ばか野郎！」運転手は面と向かってエシュティに怒鳴り、エシュティはようやく我に返った。

このみごとな罵倒に言い返そうという気持ちは起こらなかった。というのも、彼もまったくのところ同意見だったからだ。感謝の気持ちを込めて運転手の怒りでぎらつく眼を見て、ケガをしていないか一通りからだをはたいて確認し、車道わきに下がった。それから向かい側の歩道に渡った。

ここでやっと深く呼吸をした。今になって恐怖を感じたのだった。車のエンジン音、すさまじいスピード、不慮の死の淵を吹く風の音が耳に残っていた。額に冷たい汗が流れた。

向かいに薬局があった。誰かがエーテルかモルヒネのような気付け薬を持ってきてくれた。

それこそ救命医に必死に頼みこんで、モルヒネを山のようにたくさんもらいたいくらいだった。

車はとうの昔に走り去り、山だかりの人々もやがて潮が引くように立ち去って行ったが、彼はまだその場に立ち尽くしていた。まるで雷に打たれて麻痺したかのようだった。

「ああ、そうだった」と思い出した。「今日はたくさん用事があったんだ。明日はパリに出発だし。大事な予定がたくさん。で、何だっけ？」

手帳をめくってみた。パスポート、記事、銀行、小説の章、B氏とM氏との打ち合わせ、とあった。突然、笑みが湧いてきた。大事な予定なんか、ない。生きている、これだけが大事なのだ。

なんという自由だろう。こんなにとめどなくあふれるような自由が胸中に広がることは、子どもの頃以来なかった。今日という一日が、そしてありとあらゆるすべてのことが、彼の自由だった。

山へ向かって歩き出した。頂上に着くと草の上に寝転んだ。いつまでも空を眺めた。虫の声に耳を澄ませ、花を摘み、ごろごろと転がった。太陽に向かって大声で笑ってみた。

「僕は生きている」喜びに叫んだ。「さっきはほとんど死にかけた。だからこそ今、本当に生きているんだ」

昼になると小さな居酒屋のテラスで食事をとった。白ワインを味わい、煙草をふかした。知らない道を夜までぶらついた。職人たちの工房を覗き、埃まみれで汗だくの兵士たちが訓練を終えて行進しながら帰路につくのや、石飛びをして遊ぶ子どもたちを眺めた。

夜遅くになって帰宅した。いつも仕事や義務というくびきに繋がれる部屋で、手帳に次のように書き込んだ。

「いつ何時でも、死に備えた者だけが真に生きるのだ。死ぬ準備ができた者は、生きる準備もできているのだ」

（1929）

嘘 Hazugság

「嘘のつき方とは？」とエシュティ・コルネールは考え込んだ。

実験心理学によれば、言い訳をするとき、人は日常ひんぱんに起きる出来事を引っ張り出してくるという。たとえばディナーに招待されたが行きたくないと思えば、なにかひとつ病気を持ち出すのだ。頭痛や風邪など。こういったのはごく普通だから、——確率計算に基づいて——当然のこと信じてもらえるわけだ。

いや、そうではない。数世紀前だったらこういう言い訳も通用したかもしれない。今は使い古されてしまった。頭痛や風邪は現実によくあるだけでなく、嘘の一覧表の中でもよく見かけるものになってしまったから。

本当に頭痛がしたり風邪を引いたせいで予定をとりやめたことは、僕だって何度もある。だけど、そんなときにこんな言い訳をするのは、〝君らなんかもう飽き飽き、軽蔑しているし相手にしませんよ〟と書いて送るより、もっと失礼だ。だから僕は、現実に嘘をつくのではなく、本当の嘘に嘘をつくことにした。爪切りをしているとはさみが足に刺さってしまい立つこともできないとか、野良猫にかまれて慌ててパスツール研究所に駆け込んで予防接種を受けたとかね。

この方が嘘としてはよくできている。なぜかって？　だって起こりそうもないことだから。嘘はありえそうに見せかけるものだ――これが嘘だとわかる特徴だ――、だからこんなありえないとんでもないことを聞くと、まさか嘘をついているとはこれっぽっちも思わないものだ。だってこんな嘘はよくある嘘と同じで、あまりに見え透いていて、あんまり下手すぎてもう嘘とも呼べない代物だ。これを聞いた人間は、たしかに最初の瞬間は馬鹿にされたんじゃないかと疑うだろう。でも次の瞬間、自分でも腹立たしくなって否定するだろう。だって、自分と同じようにまともな人間がこんなばかげた話で騙そうとしているなんて、考えただけでも気分が悪いからね。さてそれからどうなる？　失礼というより、人生には驚くような思わぬ出来事があるもんだと考えるだろう。これまでも似たような話に笑わされたことがあったし、この風変わりな話もなかなか楽しめる、とね。こうして結局たいがい信じるものなんだ。

何かの集まりに遅刻して慌てて駆けつけた人は、急に来客があったのだといくら釈明しても無駄だ。そんなことは誰も信じてくれない。でも、犬が車に轢かれて――立派なロシア産のボルゾイ犬でまだ一歳にもならない若い犬だった――、すぐに獣医科大学附属病院に運んだけれど、必死の治療と救命措置もむなしく手術台で息絶えたと言ったとしたら、この嘘は真実味を帯びて輝き始める。ありえなさそうなことだけがありえて、信じがたいことこそ本当に信じられるということさ。

僕の人生に起こった最大の危機のうちの一つも、この真理を認識していたおかげで脱することができたんだ。みんながまだかまだかと待っていたのに、僕は二時間も遅刻した。とても本当のことなんか言えなかった。だって、それを言うと、真っ赤な嘘以上に残酷で、相手を侮辱してしまう場合もよくあるからね。そもそもこんな集まりに興味がなかったからだという失礼をうまくごまかす言い訳も、とっさに思いつかなかった。すっかり困ってしまって――これが僕の本能的な洞察力なわけだが――ばかなことを言い始めた。ガールフィと散歩していたと言ったんだ。地元の知り合いで――そこにいた全員も知っていたのだが――二年前に死んだやつだ。もちろんそのことは僕が一番よく知っていた。

それから立て続けにこうも言った。ガールフィは生きていて、あの時何かの間違いで訃報が新聞に出てしまった、その訂正記事もまたさらなる手違いで掲載されないままとなった、とね。で、この遅刻した二時間のあいだ塵から生き返った友は僕にこのことを説明し、それを僕はその場のみんなに事細かに常識破りのエピソードを交えて話したものだから、みんな信じ切って許してくれたよ。後で事の真偽を確かめた人がいたかどうかについては心配に及ばない。たいして関心を集めた人物じゃなかったからね。だから半年くらい生かしておいてやったよ。それからある晩殺した。会話の最中にガールフィが死んだと教えたんだ。この殺人に関して良心の呵責は何もなかったね。彼も恨みはしないだろう。それどころか、考えてみれば僕に感謝してくれていい。僕の親切のおかげで、他の場所では無理でも、少なくとも数人の頭の中では死んだあとも半年間生きられたんだから。

女たちについても少し話をしよう。女は嘘をつかない――嘘をつくというのは間違いだ――、ただ真実の一部を強調するのだ。ある女がマルギット島でデートしていたとしよう。そんなときは、家にいて編み物をしていたなどと嘘をつくのではなく、マルギット河岸道路を散歩していたと言うんだ。つまりどういうことか？　マルギット河岸道路はマルギット島に近く、すなわち真実に近い。散歩そのものも真実に近い。一人で散歩したわけじゃないが、それについては何も言わない。女の嘘には必ずひとつまみの真実がある。これが彼女たちの嘘における倫理観というものだね。だからこそ危ういんだ。彼女たちは真実のほんの小さなかけらの上に立って、自信満々きっぱりと、それによかれとさえ思って、まるで真実を弁護するように嘘を弁護することができるんだ。これをやめさせるのは不可能というものだ。存在するものを実に巧みに手なずけて、存在しないものに合わせてしまう。女たちの嘘はふわりと軽やかで、ちょうどいい塩梅で、吐息のように微妙なニュアンスがあって、正直なところ僕はまるで詩を読んだときのように感心するんだ。いうなれば完璧だ。僕ら男には本質的ではっきりした体系がある。彼女たちには何千年のあいだ脈々と続く実践がある。男はこの領域である程度の教養と知識は持ち合わせているかもしれない。しかし、女は匠であり芸術家であり詩人なのだ。

（1932）

エイプリルフール　Âprilis bolondja

1

「明日は四月一日だ」とヴィクトルが言った。

「ねえ」僕は言った。「今度こそ本当に何か新しいことを考えなくちゃ」

ウルーイ通りの学生寮で僕らは二人で相談していた。ルームメイトのバーリントのことを話していた。バーリントは今まで一度も担げたためしがないのだ。

僕らは部屋じゅう歩き回った。ロケットみたいに次々とアイデアが飛び出した。

「それじゃだめだよ」互いにダメ出しを繰り返した。「これもよくない。新しいものじゃなきゃ。まったく新しくて驚くようなもの」

ヴィクトルは短いイギリス製のパイプに火をつけた。

「そうだ！」と叫んだ。「このたんすに隠れるのさ」

「それで？」

「で、じっとするのさ」

「それで？」

「待つんだ」

「それで？」

「それから、あいつが一人の時に何をするのか覗き見するのさ。見られてるなんて思いもしない時にね。どうだい？」

「悪くない」

「ちょっと経ったら、幽霊みたいに動き始めよう。そうっと板をきしませたり、小さく咳をしたり。あいつが入ってくる前にランプを消しておくんだ。僕は廊下で様子を見張って、君に合図を送ろう。明日は水曜日で、あいつはフェンシングの練習の日だ。十時くらいに戻るだろう」

僕らはすぐにリハーサルにとりかかった。くるみの木材でできた大きなたんすを開けて、中をよく調べた。たんすは背が高く、中は広かった。椅子も入れられるし、余裕で中に入ることができた。扉についている木のこぶを外すと、その覗き穴からすべてを正確に見ることができた。

「ねえ」僕は言った。「ちょっと思ったんだけど、もし一人じゃなかったらどうする？　ヨラーンを連れてきたら？」

「その方がもっと面白い」

僕らは野良猫みたいに目を光らせた。

「もしすぐ横になってしまったら？」

「その方が面白い」

「もし外出したら？」

ヴィクトルはペンをとり、次のようにメモにしたためた。「バーリントへ。十一時に戻るから待っていて。ちょっとカフェに行ってくる」

「このメモを明日机の上に置いておこう」と小さな声で言った。「ランプを灯したら、絶対目につくはずだ」

2

あくる日は朝から変な天気だった。強い風が唸っていた。春の嵐が花びらを吹き飛ばした。太陽が照っているのに雨が降り、空がヒステリーのように甲高く笑いながら、狂った涙をふり撒いていた。僕らの胸にはくすぐったいような罪悪感が宿り、僕らも泣いたり笑ったりしたい気分だった。

頭がずしんと重く、いらいらする午前が過ぎると、その次には果てしなく長い午後がやってきた。僕はひっきりなしにペンを手から取り落としたり、コップや皿を滑り落として割ったり、なんだかとてもついていないような気がした。ようやく、忘れたころになって夜になった。空が晴れた。濡れた家々の屋根に月の光が照らされ、煙突の後ろからトラ模様の雄猫がひょっこりと現れた。

門が閉まり、学生寮は静まり返っていた。僕らは様子を窺っていた。

「おまえ、顔色が悪いぞ」ヴィクトルは言った。「怖いのか?」

「まさか!」僕はからいばりした。

石油ランプがテーブルの中央で燃えていた。光が漏れて気づかれないように、物音がするたび僕らはランプを消した。こんなに遅くまでどこをうろついてるんだろう? もしかして、もう帰ってこないんじゃないか?

その時、呼び鈴が鋭く鳴った。僕はまたランプを吹き消した。ヴィクトルは廊下に飛び出したと思うと、すぐに引き返してきた。

「帰ってきたぞ」

「誰が?」僕は緊張のあまり、愚かな質問をしてしまった。

「バーリントだよ。さあ、行けよ」

「行くって、どこに?」

「どこって……たんすだよ。ほら早く……笑うんじゃないぞ……笑いそうになったら、ハンカチを噛むんだ……」

「でも……」

「急いで。もう来るぞ」

僕はたんすの中に隠れた。ヴィクトルはどういうわけだか僕を閉じ込めると鍵をかけて、つま先歩きで滑るように出て行ってしまった。これでは話が違う。

僕は一人取り残された。階段を上ってくるぎいぎいいう音が聞こえてきた。それからすっかり静かになった。

ひたすら待ち続けていると、不意に笑いたい衝動にかられた。笑って、大笑いして、叫び出したいような、愚かだけど強くて容赦のない衝動だった。まるで外で狂ったように吹き荒れる四月の風のような。僕は冷たくなって汗のにじんだ手を口に当てた。

だけどどうしてこんなに時間がかかるんだろう? 怖いのかな? 外に出たかったけれど、それはできなかった。

鍵が開く音がした。

バーリントは部屋のランプを灯し、あたりの様子を見まわした。置いてあるメモに気づき、それを読み、それから椅子に腰掛けた。

「妙な感じだ。誰もいないと思ってるなんて」僕は思った。

最初のうちは面白かった。彼の一挙一動がまる見えだった。肩幅の広い健康そうな南部出身の青年が、どっしりと腰掛けてこちらを向いていた。ランプの光がジプシーのような黒い髪を照らしていた。僕はそれをまじまじと見つめていた。

何ひとつ疑ったりする様子はなかった。額を拭い、水を飲んだ。普段はあんな飲み方はしない。こんなにくつろいで、構わないでいるなんて。覗かれているなんて思いもしないんだな。立ち振る舞いの一つひとつがまるで飾らなくて、嘘みたいだ。真剣な顔をして、なんだか変だ。疲れていて、すっかり力が抜けたようだし。その様子は醜いといってもいいほどだった。目の周りには薄汚くて浅黒いくまができていた。僕らはみんな一人でいる時はこんな表情をしているのだ。目はやや落ちくぼみ、鼻は伸びて、足取りも疲れてよろけている。一人だと、鏡に自分の姿を映すときにしか恰好つけたりしないものだ。だから、もし一人きりの時に突然誰かが脅かしたりしたら、びっくりする。散らかした大切な物を大急ぎでかき集めようとして、身震いするのだ。

もう笑いたい気持ちは消えてしまった。

僕は、仕事に疲れきった顔をして、身の毛のよだつような孤独に沈み込む一人の人間の姿を目の当たりにしていた。彼は読書を始めたがすぐに飽きて、また水を飲み、あくびをした。かわいそうに、僕らのことを待っているんだな。僕らのことをすっかり信じ切って。ああ、いったいどうしたらいいだろう？　僕は時計を見やった。十一時になろうとしていた。半時間はとうに過ぎた。そろそろ動いて音を出さなきゃいけない。

こんなところに長くはいられない。だんだんあいつが怖くなってきたし、自分のことも怖くなってきたからだ。これからいったい何をするだろうか？　もしあいつがこの覗き穴から、人生の奥底に隠された秘密をこめた目でこちらを睨みつけたら？　僕は気が狂ってしまうだろう。もし大声を上げたり、ゆっくり途切れ途切れに独り言を言い始めたら？　一人の時にしか絶対に見せないような、こわばった残酷な人相を見せたらどうしよう？　あいつにとっては慣れきった表情でも、僕が見たら動揺してすっかり取り乱してしまうだろう。万が一、この清く正しいいい奴が、強盗殺人鬼のような顔つきで僕の貴重品の入った引き出しに近づき、引き出しをこじあけて僕の金を奪い、隠れて見ているこの僕の目の前でポケットに隠したら？　その一部始終を僕がこの目で目撃してしまうとしたら？　だめだ。そんなこと耐えられない。なのに、こんなところに隠れていなくちゃいけないなんて。今、僕が現れたら、あいつはとんでもなく驚いて、心臓が破裂するだろう。恐怖ですっかり老け込むかもしれない。僕は黙ってただじっと待った。肩をすくめて、とてつもない恐怖でのどが締め付けられるようだった。手に握った時計は静かに時を刻み続けていた。恐怖は次第に膨れ上がり、目に見えない波が部屋いっぱいに満ち溢れ、ほとんど僕の頭上にまで達して溺れそうな気持ちだった。

壁時計は十一時半を打った。助けを呼んで、なんとかここから救い出してもらいたかったが、とてもそんなことはできなかった。叫んだら、自分の声に驚いて気を失ってしまうかもしれない。

バーリントは僕らのいるカフェ・パンノニアに出かけようと支度を始めた。シャワーを浴びて服を着て、髪をとかし、洋服ブラシを取り出す。鏡をちらっと見て、口をすぼめてみる。まるで女の子みたいにポーズをとっているな。それから何か音がしたのか、ろうそくを灯し、部屋の中をあちこち探し回る。いつも主役で、騙す側のいたずらなガキ大将のあいつが、不安に感じているんだろうか？　哀れな子羊ちゃん、真っ青だぜ。なにか怪しんでいるのかな？　ベッドの下を照らし出し、洋服かけに手をかけ、それからたんすに近づいて開けようとするが、扉は鍵がかかっているし、鍵はヴィクトルが持って行ってしまった。手に持ったろうそくを鍵穴にかざす。たんすの中に赤い光が差し込む。

待つんだ。がまんだ、がまん。

だけどいったいいつまで？

これこそまさに、ばか者《フール》の日だ。

殺人犯が身を隠し、ピストルの掛け金に手をかけて狙った相手を待っている、そんな気持ちだ。

ようやく身支度を整え、上着をはおり、ランプの灯を吹き消した。出かけようとしている。今こそ大声を出して助けを呼ばなくちゃ。ヴィクトルのやつは僕をたんすに閉じ込めてさっさと行ってしまった。僕のこともだましたんだ。のどからか細い、まるで人の声じゃないような震え声が漏れたが、バーリントには聞こえない。あいつはドアを開けて、玄関に出る。たんすの中に、この闇の中に僕を朝まで残して行ってしまう。そう思った瞬間、のどが裂けそうな大声で僕は叫んでいた。

「ごめん……ここだよ。たんすの中だよ……開けてくれ……隠れてたんだ……助けて……」

バーリントは部屋に引き返す。ろうそくに火をつけて、たんすをこじ開ける。顔が蒼い。落ち着いた声で静かに、そして驚いてたずねる。

「君だったのか？」

僕はバーリントの胸に飛び込んでわっと泣き出した。

「いたずらだったんだ……一人になるなんて思わなくて……すごく怖かった……僕こそエ

イプリルフール（訳注：四月ばか）だね……」

「もう四月一日じゃないよ」バーリントは言って時計を見た。

「十二時二分。四月二日だ」

僕はポプラの葉のように震えて、彼の目をまともに見ることができなかった。

バーリントはコップに水を注いだ。

「飲めよ。死人みたいに顔が真っ白だぜ。どうしたんだ？」ランプをつけて上着を脱ぎ、椅子に坐ると、僕の手を握って、その穏やかで聡明な黒い瞳でぼくの目をじっと見つめた。

「ばかだなあ！」彼は優しく言った。その言い方といったらこの上もなく優しかった。まったく、学生時代にだけ言えるような優しい言い方で「ばか」と言ったのだった。


（1908）

フルス・クリスティナの不思議な訪問　Hrussz Krisztina csodálatos látogatása

1

キャバレーの歌姫だったフルス・クリスティナは、一九〇二年一月七日に埋葬された。葬儀は午後三時にとり行われた。棺が中庭に運び出されて間に合わせの祭壇に設置され、聖水が撒かれ霊柩車に乗せられた頃には、底冷えした夜のとばりが降りていた。司祭は寒さに鼻を赤黒くしていた。その口にはまだ昼食に飲んだバダチョニ産ワインのほろ苦い香りが残っていたが、今はあたかも霧の中に天使の姿や薔薇色の光を見ているかのように、聖水の器を棺の上にかざしていた。学生はその横に立っていた。タシュ・ヴィドルという医学生であり歌姫の恋人で、皆の関心の的となりながら、無造作に喪服を着こなし品よく悲しみに耽っていた。他には三流役者がいく人かとまともな役者が一人、それからキャバレーの支配人がいた。彼らのほとんどは気分よく、死者を悼むべき最たる瞬間に各々昼食のことを考えながら、厳かな哀悼の場をわざとらしい大げさな哀しみで装っていた。儀式が済んで、松明やランプを掲げた人々の間を馬たちが喪の羽飾りを揺らしながら墓地へ向かう頃には、時雨が降り始めていた。棺の蓋は薄い氷で覆われ、まるでガラス製のように見えた。車輪の軸にもうっすらと氷が張りつき、ぎいぎいと軋む音を立てた。冷たく輝く氷はあらゆるものを包み、ガラスか砂糖がけの菓子のように変えた。アスファルトの道はスケートリンクとなり、そのあと無残に溶け、人々はみぞれとなった凍てつくぬかるみの中を歩いていった。葬式の行列は丘へさしかかろうとしていた。午後の早い時間、松明の灯にかざされた黒づくめの人々が歩むようすを、学生はまるであの世の行進のようにじっと見つめ、哀しみに浸るというよりは、むしろ驚き放心していた。すべてがあまりに突然だった。クリスティナは三日前に肺炎になった。そして今こうしてあっけなく彼から奪い取られてしまった。あっというまに、情け容赦なく、まるで夜中に目隠しをされ、抱きかかえられ、車に押し込められ、朝になって見知らぬ場所で目を覚ましたかのようだった。彼はただ呆然としていた。死を実感することができなかった。葬送の讃美歌とラテン語の弔辞に耳を傾けながら、彼はチョコレートのおやつのことを考えた。石工たちが墓に蓋をし、真新しいレンガのすき間に柔らかいモルタルを詰めた。そのあと彼は両腕を力なく垂らして、ひとり丘を下って行った。彼女のことを考えた。彼はそっとすすり泣いた。ふたたび強い悲しみに襲われた。クリスティナの姿を探し求めたが、彼女は——そう、彼女は——もういなかった。

2

後になって彼は泣いた。暗がりの中、窓の前の小さな机に突っ伏して、さめざめと泣いた。夜中も寝間着に着替えなかった。三日間ほとんど眠れなかった。一分、一時間、一日が長さの違いもなく溶けあった。雨戸に太陽の光がさしかかっても、夜明けなのか夕暮れなのかわからなかった。

「ああ、戻ってきてくれたら！」と枕に顔を埋めて、声を上げて泣いた。

春が近づいて、やや落ち着きを取り戻した。しかし、その顔はさらに青白くなっていた。もう泣くことさえできず、涙は彼の内面へと流れ込んだ。このような静かな悲しみを抱えることで、彼の形相はより凄まじさを増した。その姿を見たものはみな、自然と口をつぐんだ。

「帰ってきてくれたら！」と彼は独りため息をついた。

夜になると、趣味よく身にまとっていた服や靴や黄色いスカーフを脱ぎ捨て、彼女が横に坐っていると想像してみた。彼女が暖炉わきや椅子や床に腰を下ろし、赤く燃える火の方へ愛らしい薄いそばかすの顔を向けていた。ベッドの中にその姿を見いだし、その声を聞くこともしばしばだった。ドアの呼び鈴が鳴ると駆け寄り、彼女でないとわかるとがっかりした。

そんな時は、部屋に戻って逢引きの一部始終を事細かに想像してみた。クリスティナが入ってくる。彼はコートを脱がせ、椅子をすすめる。しかし彼女は彼の首に抱きつき、胸に顔をうずめ、笑い声をたてる。こんな風に夜中じゅう彼女と戯れ、その笑い声を聞き、瞳をじっと見つめた。こんな悲痛な死の抱擁のあと翌朝目を覚ますと、顔色は黒ずみ唇は苦しみにゆがんでいるのだった。

キャバレーにも毎晩出かけた。色とりどりの照明に浮かんだ狭く粗末な舞台の上に彼女の姿を探してみたが、見つからなかった。夜中まで粘ったあと、ようやく家路についた。家にも彼女の姿はなかった。時間が経っても悲しみが癒されないことに気がつき、彼は恐ろしくなった。彼女はますます美しくなっていく。歳月というベールを通して、彼の目にはその愛らしくなまめかしいそばかすは明るく金色に輝いて見えた。その唇はルビーのようにきらめき、銀のような唾液の生暖かい湿り気を感じ取るのだった。

「戻ってきてくれたなら！」

このため息は、彼の中でまるで聖なる欲望か、悲しみと哀悼が蒸留したエッセンスとなった。彼はあきらめなかった。一瞬でも会えるのなら、命も惜しまなかっただろう。その一瞬を頭の中で何万という部分に分解し、その甘美な夢を隅々まで味わった。日が経つにつれその欲望は執拗となり、ある時は彼女の棺かと思って恐る恐る窓ガラスをのぞき込み、またある時はふと鏡に彼女の服の影が映って見え、それが雲なのかレース飾りなのかと考えた。一目でも彼女に会えるのなら、帽子も被らず、裸足の足から血を流しながら何年でも歩き続けただろう。何かの集まりでふと楽しい気分になり踊っているあいだでさえ、こんな思いに憑りつかれることもしばしばあった。逃れることはできないのだ。ひたすら彼女を想い、それに身を任せた。死人に憑りつく影のようだった。痩せて顔色は悪く、月の光を見ては回想に耽った。話し方も頑なになっていった。服装は冷やかな光を放っていた。ちょうど棺を白い石板が覆うように、まばゆく光る立派な胸当てをいつも身に着けていた。それを見た者は、その胸の中で名もなき夢を見て眠る死んだ少女を、その悲しげな顔を思った。

「帰ってきてくれたら！」と彼は胸を震わせた。

彼の顔がそう語っていた。繊細な仮面のような顔に苦しみが刻まれていた。驚きと恐怖の相は年月とともにその顔に染みつき、デスマスクのように厳かで冷やかになっていった。

3

ところがある日、クリスティナは帰ってきた。

4

五月の暑い午後、夜中じゅうでたらめに遊び歩いた後、彼は帰宅した。

環状通りにはアカシアが辺り一面に熱気を振り撒いていた。アスファルトの割れ目から伸び、揺れながら空に向かって重く叫ぶような香りをまき散らしていた。

その香しい喧騒に学生はめまいを感じた。胃はむかむかした。遠くの空の一辺で、誰かが鏡でいたずらしているかのように、黄ばんだまばゆい光がちらちらと揺れていた。彼は家へと足を運んだ。

玄関で女中が迎えた。

「お客様です」

「誰？」

「女性の方」

タシュ・ヴィドルは驚いた。一体誰なのか見当もつかなかった。クリスティナが死んでから、女性を家に入れたことはなかった。

部屋のドアを開けた。

彼女はベッドに腰掛けていた。首に黄色いスカーフをして、顔は穏やかで、陽気といってもよかった。

「クリスティナ」と彼は小声で言った。

「ひさしぶりね」と彼女は言って、体を寄せた。まったく驚きを感じなかった。マッチを探して二本のろうそくを灯した。クリスティナの顔がはっきりと見えた。死んですっかり元気になったようだ。生きていた頃よりずっと健康そうにみえる。棺の中でちょっと太ったみたいだ。それでも、小ぎれいで美しかった。埋葬した時と同じ白い服が、柔らかくぴったりと身体に馴染んでいた。とてもよく似合っていた。裾はちょっとほつれ、あちこちに緑色のカビがついていたが、ほとんど気がつかない程度だ。脇には墓場のダイヤモンドといわれる硝石がきらきら光っていた。彼女は手を差し伸べた。

「ほら。指輪よ」

「昔の指輪だね」

彼は何かたずねようと彼女を見た。

「何もきかないで」と声を詰まらせて彼女は言った。「帰ってきたの。見たとおり、本物よ。チョルノキ・ヴィクトル（訳注：ハンガリーの小説家。一八六八〜一九一二）の小説みたいに幽霊が戻ってくるとかじゃない。私、幽霊でも化け物でもないわ。でもこんなこと話している時間はないの。三十分しかいられないの。そしたら戻らなくちゃいけない。時計を出して。今、三時ね。三時三十分にはもう行かなくちゃ」

「たったの三十分……」と彼はどこか嘘っぽい哀愁をにじませ、ため息をついた。

これに彼女はいささか気分を損ねた。

「ねえ、そんなわざとらしい言い方はやめて」と言った。「一瞬も無駄にしたくないの」

「かけがえのない瞬間」と彼は叫んだ。「君の……君のキスこそかけがえのない……」

「八年間ものあいだ、ずっと私を呼び続けてくれたわね。今その願いが叶ったのよ。何がしたい？」

クリスティナは両腕を広げた。深紅の唇はみずみずしく、キスを待ちわびてうっとりと開きかけた。

学生は彼女にキスをした。

そして二人は互いにまじまじと見つめ合った。

学生は丸椅子に、彼女はソファに腰かけた。しばらく互いに見つめ合った。しかし、キスがどこか期待外れだったように思えた。二人は悲しくなって、彼は頭をうなだれた。これが、あれだけ夢見た再会なのだ。なんという再会だろう。ちょっと早すぎたようだ。さてどうしたものか？　部屋には静寂が降りて、心臓は高鳴り、時計はゆっくりと時を刻んでいた。まだ五分しか経っていなかった。あと二十五分もある。恐ろしく長い時間に思われた。沈黙はいよいよ耐えがたいものとなった。

彼は咳払いした。

「元気かい？」とたずねた。「つまり、その、最近どう？」

彼女は目を大きく見開いた。死人にこんな質問をするなんて、なんという無神経なんだろう。

「お茶淹れようか？」急いで言い足した。

「いえ、いいわ」

「あのさ」彼は慌てて言った。「ヘルマンのやつ、結婚したんだ。三年前に。子どももいる。体格のいい元気な男の子だ」

「ふうん」と彼女はつまらなそうに答えた。

「あれからいろんなことがあった。親父が胃癌で亡くなったよ。かわいそうに。ひどく苦しんでね」

「ふうん」

「興味ない？　僕はあれから博士号をとった。来年開業するんだ。隣に住まいも購入する。部屋は四つ、それから風呂場と台所。電気も通っている」

「ふうん」

「劇場ではヌシのやつすっかり落ち目だ」

「ふうん」

「でもイリはとても人気だ。観客は夢中だよ」

「ふうん」

のどが締め付けられるようだった。そっと時計を盗み見した。まだ彼女が現れてからたったの七分だ。必死になって言葉を探した。一瞬一瞬が永遠のように感じられた。まず何か楽しいことを言おうとした。その次に真面目で悲しいこと。そのどれもがうまくいかず、黙り込んだ。まる一分のあいだ、二人は何も話さなかった。クリスティナは目を伏せがちにソファに坐り、絨毯の模様を見つめていた。

その間に雨が降り出した。

「雨だ」と彼は静かに言った。

「ええ」と彼女は答えた。

「昨日はいい天気だったのに」

「そうね」

「ひどい嵐だ」

「ええ」

そして突然話題を変えた。

「そんな薄い服で寒くない？」

「寒くないわ」と彼女は言って、声を出して笑った。

あと二、三言、またやっとのことで言葉を探し、それから二人とも突然黙り込んだ。

二人は見つめ合った。学生は気まずい沈黙から這い上がるように立ち上がった。たった九分しか経っていなかった。クリスティナはソファの背にもたれかかり、彼は窓際に立っていた。この瞬間だった。とんでもないことが起こったのだ。突然、彼女は顎の関節に力が入るのを感じ、退屈だと大声で叫んでこの部屋から飛び出したい欲求に駆られたのだ。抵抗してもどうしようもなかった。筋肉が口をこじ開け、自動調節の人形のように、見事なほど元気に大きなあくびをした。あくびを一回。あくびを二回。あくびを三回。それからテーブルにかけた傘を手に取ると出ていった。最後に何か言おうとしたようだったが、ドアの取っ手をつかんだ時にまた我慢できずにあくびをし、何も言わずに部屋から出て行った。

彼は一人とり残された。何かほっとしたような解放感を感じた。しばらくのあいだテーブルを指でトントンと叩いていた。通りと傘と嵐とガラス窓をつたって流れる水に目をやった。肩をすくめ、彼もまたあくびをし、そして懐中時計を見た。三時十分だった。

まだまる二十分はあったはずだった。

（1911）

二つの世界　Két világ

ニースへの新婚旅行を終えて、二人は晩の七時に帰ってきた。駅には誰も出迎えに来ていなかった。一等車を降り、ハイヤーに黄色い英国製のトランク二つを載せ、すぐに新居に向かった。ゴム製のタイヤは軽やかに環状通りを駆け抜け、新妻は期待に顔を紅潮させながら夜のブダペシュトを伏し目がちな瞳で見つめていた。

「どちらの方向なの?」と繰り返し訊ね、ほっそりしたなめらかな白い指で車の窓を伝って流れる露をなぞった。

ジトヴァイは黙っていた。車はさらにしばらく進むと、曲がって小さな通りに入り、そのあと広場に出た。医者は妻を抱き寄せてキスした。

「さあ着いたよ」

ジトヴァイは妻をまるで羽のように軽々と抱き上げた。力づよく日に焼けたハンガリー人だった。これまで仕事ひとすじの人生だったことが伺い知れた。二十年もの歳月ひたすら額に汗して、今ようやく趣味のよい、絹や動物の毛皮で飾り付けたわが家でくつろぐことができるのだった。人生に満ち足りていた。ほの暗い部屋で心地よい長椅子に身を横たえ、静かに食後の葉巻を吸うと、幸せに叫びたくなるくらいだった。家具も絵もみな感じがよく、親しみのあるものだった。

妻は歌を口ずさみながら部屋の中を小躍りした。ジトヴァイは彼女の腕をとって抱き上げると、待ちきれない気持ちで二人の新しい巣を見せて回った。

「ここがサロン」

「この緑の部屋が食堂」

「あそこが寝室……こっちは客間……」

新妻は興奮しながら隅々まで眺めた。すべてがめずらしく興味をそそられた。まだ乾ききらない塗料のにおいがする場所もあった。客間には花の香りが満ち、薄青いランプが灯っていた。故郷ではこんな窓もこんな家具も、こんな大胆でモダンな絵画も見たことがなかった。小物の一つひとつが新生活のまだ見ぬ憧れを語っているようだった。妻は心を喜びでいっぱいにして、やわらかくてふかふかした緑のじゅうたんに腰を下ろした。

「草みたいに新しくてなめらかだわ。まるで草原にいるみたい……」

ジトヴァイは磁器の花瓶に挿したすみれの花束を手に取ると、妻に投げかけた。

「ほら、花もあるよ。花が降ってくるよ……シャワーのようだ……」

部屋は春の香りに満ち溢れ、二人は声を出して笑い、何度もキスをした。幸せに有頂天になってはしゃぐ子どものようだった。

妻は急かすようにまた駆け出し、小さな部屋に入った。

「みんなとてもすてき。新しいものばかりね」

そしてドアノブに手をかけ、興奮したようすで次の部屋へ進もうとした。ドアは鍵がかかっていた。

「ここは?」

医者は少し戸惑って答えた。

「診察室だよ」

「見せて」

ジトヴァイは肩をすくめて笑ってみせた。

「なぜだい?」

「見たいの」

「明日にしよう」

「お願い。ぜひ見てみたいの」

医者は眉をひそめて考えた。ポケットの中の鍵に手を触れたが、やはり考え直した。妻の腕を取り、抱きしめ、強く何度もキスをした。この部屋を通ったらすっかり雰囲気が台無しになってしまうだろうと思ったのだ。

しかし妻はドアにしがみついて引っ張った。それでもドアは開かなかった。鍵穴を覗き込んだ。

「真っ暗だわ」

「そりゃそうだよ」

「冷気が漏れてくる。暖房は？」

「詮索はよしなさい。行こう」

「待って。暗闇の中に何か金属の装置が見えるわ。それにガラスの戸棚も。あれは？」

「また今度ね」

若妻はがっかりして鍵穴を覗くのをやめた。顔は曇り、気が立って落ち着かなかった。目は熱く潤んだように輝いた。今自分を押さえなかったら、早くも仲違いが始まってしまうと感じたのだ。秘密の部屋の敷居の前に立ちつくした。それは入ることのできない謎めいた部屋だった。

二人は客間に戻り、夫はピアノを弾き始めた。彼女はソファに坐り、目を閉じた。些細で意地悪な疑問がたくさん心に浮かんだ。ピアノの音も単調で機械的で悲しげに感じられた。旋律が足の短いトカゲのようにすばやく彼女に近寄り、首や腕に這い登って、その身体に毒を吐きかけるような気がしてぞっとした。どうしてあの部屋に入ってはいけないのだろう？恐ろしいことを想像してみた。目の前に寒々とした無機質な部屋が見えるようだった。そこには研ぎすまし消毒されたハサミやノミ、ドリル、管、針、スプーン、鏡、その他の見慣れない器具があって、それはみな生温かい人間の体内に入れられたものであり、今もうっすらと血のにおいがするのだった。しかも自分たちの幸福の巣はその部屋のすぐ隣にあった。これがわが家になるのだ。家具には薬のにおいが染み込むだろう。悪夢のような光景を想像すると辛く苦しくなり、蒼ざめて天井を見上げた。その部屋は身の毛のよだつような暗闇の中から、まるで渦みたいに大きな悲しい眼でこちらをじっと見つめているのだった。彼女が笑い声をたてながら大理石の彫像やクッションに飾られた部屋を何も知らず無邪気に駆け抜けてきたと思ったら、突然何もないがらんどうの、痛みと苦しみがつまった部屋に墜ちて行くのだった。

気がつくと、夫が目の前にいて肩に手を置いていた。

「眠いのかい？」

いつもとは違う曇った声が言った。

「怒っているのよ。あなたに冷たくされて辛いの」

翌日、医者は診療を開始した。

妻は最初の一日がどのように過ぎるのか気になってしかたなく、耳をそば立てたり覗き見しようとしたり、小さな物音にも飛び上がったりした。

午後二時になると、ベルが次々と鳴り始めた。助手が患者たちを順番に待合室に通した。

夫は白衣を着て、内側から部屋に鍵をかけた。妻は黙って静かに待っていた。ジトヴァイは三時間診察室にいた。長いうめき声や途切れ途切れの声、深いため息や咳や泣き声が聞こえてきた。彼女は白いドレスと同じくらい青白い顔色をして部屋の中をそわそわと歩き、銀の香水入れを手にとり、強い香りを家具に吹きかけて回った。ドレスは頭がくらくらするようなペルシャ百合の香りを放っていた。

診察時間はきっかり五時に終わった。ジトヴァイはさっと着替えると、妻のところへ急いだ。

妻は冷ややかに背を向けた。

「またご機嫌斜めかい」とジトヴァイは呟いて、あきらめたように手を振り下ろすのだった。

妻はソファに深く腰かけると、そこから怒っている夫をじっと眺めた。黒い瞳を厳しく光らせ、いらだって足をコツコツと鳴らした。夫がたくましい体つきをしていることも疎ましく、弱って打ちのめされたらとさえ思った。

夫が憎らしく思えてきた。手を握られるのも見つめられるのも、その声を聞くのも苦痛だった。夜中には不思議な声が聞こえたり、色とりどりのしみが目の前をちらちらと揺れるのだった。ある時夫が赤いオレンジを食べているのを見て、その指が血に染まっているように感じた。果肉がまるで深く食いちぎられた傷を負って流血しているようで、ぞっとして捨てた。

秘密の部屋にはいまだ入ることが許されなかった。

しかしある日、いつもより早く診察室のドアが開いた。ジトヴァイは身支度をして外出したのだが、急いでいて鍵をかけるのを忘れたのだった。

妻は心臓をどきどきさせながら部屋に入ったが、恐ろしくなって後ずさりした。そして夢中になってあたりを見まわした。部屋にはさまざまなメスやドリル、奥には骸骨の模型があり、まるで奇抜な拷問部屋のようだった。ガソリンランプの上には黄色や赤の液体が溜まっていた。ここに病に苦しむ人たちが来て、ここで血と涙を流してのたうち回るのだ。ドアが開くのを待合室で怯えながら待っている蒼ざめた患者たちもまた、浅黒い夫のメスに容赦なく虐げられるのだ。新婚の部屋も病院に変え、人間のありとあらゆるおぞましいものを持ち込んだあの男の手で。彼女の眼には恐怖の色が浮かんだ。今はじめて人間の底なしの惨めさに向き合ったのだった。心の中に憤怒の塊のようなものさえ沸き起こった。そして、この病んだ部屋を、まるで恵まれたお嬢様があざ笑うように、健康に恵まれた人間が忌み嫌うように憎み、その可憐な顔はどこか意地悪な微笑に歪むのだった。

それから妻は帽子をかぶり、春のコートを羽織った。

三月の暖かい午後だった。香しい健やかな外の世界へ、青く広がる空の下に出たいと思った。階段を駆け下り、表通りへ出た。いたずらな春風が髪をもてあそんだ。嬉しくなって、夢見るように穏やかな空を見上げた。青空もまた優しいまなざしを投げ返してくれた。外はすばらしかった。

夜九時になって帰宅した。夫は食卓について待っていた。二人は黙って食事をした。

「どうしたんだね?」夫は訊ねた。

「べつに何も」妻は答えた。

しかし心の中では苦しんでいた。

〝私より大事なんだわ〟と考えた。

妬ましかった。あの秘密の部屋を覗き、自分には関係ないと取りすましてみても、この嫉妬は癒されなかった。翌日、ベルが次々と鳴り始め、ふたたび夫が額にしわを寄せて診察室に消えていくと、頭が締め付けらるように痛んだ。ドアの前に立ちはだかって腕を広げ、押し寄せる患者の波を押しとどめたいくらいだった。自分とは違う人々、邪悪な人々だと感じた。邪悪で無遠慮な人々。無遠慮でわがままな人々だった。彼女の理解しえない異世界であり、だから憎いのだった。

ある夜、彼女はまた夫とならんでソファに腰掛けていた。

「何を考えているんだい？」ジトヴァイは訊ねた。

「連れて行って。あそこへ」

妻ははっきりさせたいと思った。夫がなぜあの秘密の部屋の敷居をまたがせようとしないのか、どうしても知りたかった。ジトヴァイは答えなかった。立ち上がり、肩をすくめ、部屋を歩き回り、ひとこと答えた。

「君は幸せな人間だから。病気を知らないからだよ」

こうして春が過ぎ、夏が過ぎた。秋になるころ、夫婦はブドウの収穫祭に呼ばれて出かけて行った。妻は戸外で踊り、ぐっしょりと汗をかいて風邪を引いた。

最初はたいしたことのない風邪のようだった。しかしなかなか熱は下がらなかった。彼女は苦しそうに、熱で赤く火照った顔を白い枕に埋めた。夫は黙って枕元に付き添っていた。

最初は日中だけだったが、やがて夜中もそばを離れようとしなかった。家じゅうのドアを開けっぱなしにした。診察室のドアも開けた。家じゅうが大きな病室に変わった。診察室は休診にした。

「ベルがぜんぜん鳴らないわ」ある日の午後、妻はベッドで身体を起こして外の方を見た。

「なぜ行かないの？」

「行くってどこへ？」

「あっちへ……」と言って、力なく微笑んだ。

ひと月が過ぎ、起き上がれるようになった。すっかり痩せて、顔色も悪かった。鏡に映った自分がまるで別人のようだった。まったく知らない女性がそこにいたのだ。

「私ってこんなに綺麗だったかしら」とつぶやいた。

それから夫のことを考えた。額に汗して働く夫を思いながら言った。

「あんなに立派だったかしら」

回復の兆しが見えてきたある夜、妻はテーブルについて、穏やかに微笑みながらスポンジケーキをブランデーに浸していた。

ジトヴァイはにっこり笑いながら診察室から出てくると、妻を抱きしめた。

「さあ、ご褒美だ。今日からもう入って来てかまわないよ。診察室にね」

そう言うと、妻の腕を取り案内した。

そこはもう、冷たく人を寄せつけない部屋ではなかった。

あらゆるものが優しい光に包まれ、どこよりも安心できる場所だった。人生は美しく、彼女は幸せで、遠い旅からやっとわが家にたどり着いたような喜びを感じていた。すべてが恩恵に満ちていた。清潔と平穏と生まれ変わった生活、そして祝福と癒しがこの家のすみずみまで陽気に溢れていた。歌いだしたいような、何か天上の新しい歌を、あらゆる秘密を解き明かし、自分と夫とすべての善き人々を絆で結びつける歌を口ずさみたいような気持ちだった。涙が溢れ、夫の肩にそっと顔をうずめた。

「今ならわかる。でもどうしても知りたかったの」

「何を？」

「私のことも同じくらい大切なのかっていうこと」

クリスマスの頃に来客があった。テーブルを立ち上がった時には夜中を回っていた。客たちはシャンパンで顔を赤くし、葉巻をふかしながら家じゅうを見て回った。妻は機嫌よく案内役を務めた。

「こちらが食堂」

「ここは？」

「私の部屋ですわ」

太った役人が診察室を指さした。

「こっちは……」

妻は役人の紅潮した油ぎった顔を、それから次に夫を見て、何も言わなかった。役人と他の客たちはぜひ診察室を見たいと言い出した。この聖なる場所に踏み入って、俗世の好奇心で掻き回し、病に苦しんだ人々の残像の中で伸びをして食後の葉巻を吸おうというのだった。妻は強い嫌悪感を禁じ得なかった。そしてジトヴァイに向かって、まるで二人の共通の秘密があるかのように微笑んだ。この聖域を分ける境界、健康な者と病める者の世界を永遠に隔てる境界が、彼女には感じ取れるのだった。そして、よそ者が土足で踏み込み、健康ゆえに慈悲を知らぬ顔で苦しむ者たちの足跡を平然とかき消していくさまを思うと、身震いするのだった。白いドレス姿の妻は客たちの前に静かに立ちはだかると、遮るように堂々と手を上げた。その声は力強くて優しく、客たちは思わず後ずさりし、そのまばたきに赤ら顔の技師は蒼くなり、太った役人はたちまち酔いから覚めるのだった。そして、ただ一言こう言った。

「あいにくですけれど、こちらは立ち入り禁止ですの」

（1908）

中国製の水差し　Kínai kancsó

あなたは、うちの水差しの事件は知らなかったかしら？　じゃあ、ぜひお話ししたいわ。ずいぶん可笑しい話なのよ。だけど、本当にまだ聞いていない？　というのもね、もうあちこちで話したのよ。もううまく話せないかもしれないわ。

このあいだ、誰だったかに話したら、まるで宿題の暗誦みたいに口をついて出てくるのよ。時間が経つと、自分のことばもあせてしまうのね。ことばに込めた思いも、もう感じなくなってしまう。それで、使い古したことばを避けようとして、新しいことばを探すのだけれど、新しいことばには生命っていうか、内容がないのね。にせものなの。

もし聞いたことがあったら、絶対止めてね。二度も同じことを言うのは嫌なの。私っておしゃべりで、笑われるんじゃないかっていつも心配になって、耳まで赤くなってしまうの。どうして恥ずかしくなるのかしら？　誰だって、自分に起こったことを繰り返ししゃべってしまうわよね。他の事ってなかなかしゃべれないわ。でも、話す相手を間違えた、この人はこの話をもう知ってたわって恥ずかしくなるのも、ばかげてる。初めて聞くふりをさせてしまったってだけのこと。違うかしら？　でも私はやっぱりそれが嫌なの。

あと、約束してほしいの。退屈だったらすぐ言ってね。長い話だから。いいわね？　じゃあ、いいわ。話してみるわ。

うちにね、水差しがあったの。白い磁器の中国製の水差し。このくらいの高さで、私の胸の高さ、ここまであったの。このあいだ話したけど、前に住んでいた、暗くてかび臭い家の居間の片隅、窓側の右手に置いていたの。ううん、あなたは見ていないわ。見たわけがないの。今の家にはもうないんだから。

一家の財産だったの。主人がショプロンに住む叔父さんから相続したのだけれど、その叔父さんは昔、ウィーンの親戚から相続したの。それがうちの唯一の財産だったわ。汗水流して働かなくても持てるたったひとつのもの。宝物よ。伝説のような宝物。伝説のような貧しさの中のね。

正直言って、みすぼらしい家具に囲まれてなじまなかったわ。カバーをかけて、その上に小さなランプを置いたの。でもそのランプを灯すと、水差しだけでなく、うちの貧しさまでも照らし出してくれた。そう、周りから浮いてしまっていたわ。

お気に入りだったの。午前中は拭き掃除をしながらゆっくり眺めまわしたものよ。色あざやかなたくさんの小さな絵で飾られていたわ。脈絡のない、色とりどりの模様。どんなものかって？　たとえば、黄河とか、その上に架かる大きなれんが色の石橋。それから、南京の磁器の塔。七階建てで、どの階にも二つずつ金の鐘がついているの。それから、フクシアの花のように濃い紫色をした外套や紅のだぶだぶズボンを身に着けた中国の官吏たちが大きな傘をさして大仰におじぎをしているのや、御輿に乗ったご婦人たちが纏足したちっちゃな足に漆塗りのきつい靴を履いているのを見せびらかしているのとか。それから、細く目を開けた大仏がじっと宙を見つめて大きな手をひざの上で組んでいるのや、目を光らせて角を生やした龍や怪物、猿、禿鷲、孔雀。それから、亀、血で赤く染まった山羊に喰らいつく獅子。それから、数字や漢字や、まるでできそこないの麦わら帽子みたいに高く伸びた尖塔とか、そんなものね。

八十三個もの絵が描いてあったわ。あと、とっても愛らしい可笑しな絵もあった。戸外の芝生に生徒たちが坐っていて、厳しい先生が悪さをした男の子をひざの間に挟んで、紺色のズボンをはいたおしりを竹の棒でぶっているところ。私ね、女学生のころ絵を描いていたの。水彩画の真似事なんだけど。それはもううっとり眺めたものよ。

もちろん、私たちが結婚してまもなくこの水差しをもらった時には——もう十五年も前になるけど――これは高いぞ、とか金持ちになったな、とかまあいろいろ言われて、みんなによかったねと祝ってもらったわ。芸術的価値の話になると、意見は分かれたわね。十四世紀から十五世紀、とにかく明朝時代のものだっていう人もいたし、せいぜい十八世紀だろうという人もいたわ。ヨーロッパ、それもベルリンで作った偽物だっていう人もいたけど、偽物にしてもよくできているし価値があるってね。私たちはそういうおしゃべりはあまり気にしなかったの。美しい磁器だった。泡のように白く薄くて、すばらしい焼きの気品のある磁器であったことは確かだったわ。

市場価値がどんなものかもわからなかった。義理の兄のヴァレール、タルツァイ・ヴァレールね、ちょっと工芸に詳しいんだけど、当時一万コルナくらいするだろうって言っていた。ちょっと大げさよね。主人はその後何年も経ってようやく本当の専門家に見せたわ。町の骨董屋を家に呼んだの。ただの興味本位で買ってくれないかって言ってみた。そしたらその人、なで回したり傾けたり、虫めがねでよくよく調べたあげく、一二〇〇コルナしか出せないって言うのよ。もちろん、その場でドルでもスイスフランでも払うからとね。私たちがお断りしたら、玄関のドアノブに手をかけてもまた水差しの方を盗み見して、一五〇〇コルナではどうかと言うの。これ以上はどんなにしても出せない、それ以上の価値はないからと念を押して、でもこの金額ならいつでも買い取るから、店に電話してくれって。一週間後に骨董屋のほうから主人の勤め先の銀行に電話してきたわ。どう、考え直したかって。

でも私たちは売らなかったわ。とんでもない。水差しは私たちのもの、生きている限り私たちのものであってほしいって思ったの。二人で話し合ったわけではないけど、何があっても手放さないって決めたの。

とはいえ、手放す危機も一度や二度ではなかった。何年も苦しい時代を過ごしたわ。特に戦後はね。月末になると、昼も夜もじゃがいもしか食べられないこともよくあった。それでも一度だって骨董屋に電話しようなどと思わなかった。置いて行ったハガキには、「電話一本でお宅まで伺います」って店の電話番号が書いてあったけど。そのハガキを私ビリビリに破いてやったわ。そんなことするくらいなら、自分の腕時計でもカーテンや指輪でも質に入れたわ。実際のところ、気の毒に、家にあるより質に入っていることの方が多かったのだけれど。

でも、最後の切り札はまだとってあるっていうのがうれしかった。最後の切り札というのは、いつまでも切らないことに意味があるものよ。夜、慌ただしい一日が終わって、主人と私、二人並んでベッドに横たわって、目をぱっちり開けて、さあ次の二十四時間をどうやってしのごうかって頭を捻る時、お互い、たぶん同時に何度となくこう考えたものよ。「水差しがある。最悪の場合でも水差しがある」そう思うと勇気が湧いたわ。

幸い、そんなことにはならなかった。私にはね、おまじないがあって、すべてが駄目でもうおしまいだって思っても、最後の瞬間に何か奇跡が起こるって信じてるの。経験したのよ。神様を信じてさえいれば、思いもよらぬ偶然の助けがあるものよ。どんなって？　まあ、その時々でいろいろね。銀行で残業があったり、ドイツ語の翻訳の仕事がちょっと入ったり、配達の仕事――これはけっこうなお金になるわ――とか他にも。たとえば、バイオリンのレッスンを頼まれたり。主人はバイオリンも教えるの。バイオリニストを目指して音楽院に一年通ったことがあるの。いつも生徒さんが一人二人いたわ。初心者で、高校の一年生か二年生。ただ、主人は夜遅くにしか時間が取れなくて、生徒さんたちはというと眠くてレッスンを嫌がったのがたまにキズだったけど。

ところで、ここだけの話、私たちに援助をしてくれる人がいたの。隠さないで言うわ。誰だか教えてあげる。マルティニよ。身分が高くて百万長者のマルティニ。

ある時賃貸住宅の退去命令が送られてきた時、主人が会いに行って、二〇〇ペンゲーを借りようとしたの。あの人ひとことも言わずに、それも上品でさりげない物腰でお金を差し出した。それはね、返さなくてもいいっていう意味よ。立派な、高貴な行いだったわ。忘れられない。なぜあの人に腹を立てる人たちがいるのかしら？　間違ってるわ。気ままであてにならない奇妙な人、でもあり余るお金は気ままに、あてもなく、一風奇妙なやり方で、ここぞというところに使う人よ。そんなにたくさんお金があり余っているわけじゃないのよ。でも、今の世の中、誰がお金を持て余してるかしら？　誰がお金に困った人にこんなに恵んでくれる？　知り合いのある若い音楽家は、何年も外国のあちこちの療養所にお金を送って経営を維持してあげていたけれど。何と言われようと、いい人よ。私たちはいつも尊敬していたわ。

主人はマルティニのことをずいぶん前から知っていた。最初、銀行で会ったの。銀行員として、つまり下の者が偉い人にできるこまごまとしたことを、いろいろ親切にしてやったわけ。もちろん何の見返りも期待せずにね。恐慌の時にはさらに親切な取り計らいもしてあげた。マルティニはその頃、オランダの株式市場にも、よく考えもせず手を出していたわ。慌てん坊の性格のままに、法律顧問も介さず、自分の勘だけを頼りに銀行に「白紙委任」してね。「白紙委任」ていうのは、銀行が独断で取引をするかどうか決めるの。金額もその裁量でね。マルティニはあっという間に大損したわ。

主人は二〇〇ペンゲーで私たちを救済してくれたことに恩があったから――ほんとにただその気持ちから――ある夜そっと彼を訪ねて、こんな向こう見ずなことはもうしないように忠告したの。

それから二、三日してマルティニと道でばったり会ったの。主人の腕をとって、冗談めかして毛皮のコートのポケットから何枚かお札を取り出して、コートのポケットに滑り込ませたわ。今の価値にしたら、そう四〇〇ペンゲーくらいになるかしら。

そうそう、一度私たちをお屋敷に呼んでもくれたわ。お昼にね。こげ茶色の壁紙のダイニングで静かな平日の昼ごはんをいただいたの。奥さんもいらしたわ。濃い赤や白のワインがカットグラスの中できらきらしてた。席の後ろにはリベリア人の召使い達が立っているの。私が一番驚いたのは、昼ごはんのあとみんなで居間でコーヒーをすっていた時、真昼間だというのに召使いがろうそくを灯して入ってきて、殿方の煙草にそれで火をつけたことよ。そんなの見たことなかったわよ。それから夕食のことも思い出すわ。最後に夕食に招待されたのだけど、その時は二〇〇人くらいいたかしら。それはきらびやかな晩餐会だった。召使いたちがガラスの皿に山のようなアイスクリームを運んで、その真ん中にろうそくが灯されているのよ。大きな広間をあちこちと歩くたびに、風で火が大きく揺らめくの。まるで松明を運んでいるみたいにね。

まだあるわ。毎年のようにあれやこれや贈り物をしてくれた。ウサギやキジ、ヤマウズラ、それにいくつかの籠にいっぱいのぶどうとか。去年のクリスマスには果物を盛り合わせた籠をいただいたの。柿やりんご、それにハンガリー産シャンパンが三本も。

まあ待って。ここからなのよ。クリスマスが明けて、あの人また銀行に来たの。頭取に会いに来たんだけど、前日コペンハーゲンに出張してしまっていて。主人はクリスマスプレゼントのお礼を言おうとした。マルティニはばつが悪そうに冗談めかして――あの人いつもちょっとばつが悪そうで冗談ぽい感じだけど――また昼食か夕食にいらっしゃいと言ったわ。主人はこの時にかねてから言おうとしていたことを思い切って言ったの。敬意を込めて、かつ貧乏をわきまえながら、もう三度もお呼ばれいただいたのですから、今度はぜひうちにお茶を飲みにいらして下さい、奥様もご一緒に、と伝えたの。マルティニはこの招待をごくごく自然なこととして受け止めたわ。すぐに、では水曜日、午後五時にと伝えてきたのよ。ねえ、あなた退屈してないわよね？

さあ、これを聞いて、月曜の夜のことよ、ちょっと驚いたわ。その頃、私自身招待するべきだって主人を急かしていたのは確かよ。でもまさか承諾するなんてね。きっと、うまく言って断るだろうって思ってた。そうならなかったっていうのは、こちらのプライドと虚栄心をくすぐったわね。だって誰だって見栄っ張りですもの。でも困っちゃったわ。だって、ねえ、いったいあの古いおんぼろアパートのどこにあの人たちを坐らせるのよ。寝室と食堂、書斎、居間それに納戸がいっしょくたになっているところに？　うまく説明できないけど、自分の能力を超えた仕事を任されたって、結局失敗して大恥をかくんじゃないかって心配になったの。

スイレンの模様の湿った壁やかび臭いにおい、それに暗さ、アフリカ大陸のような暗さにさんざ参っていたのだけど、それが一度に思い浮かんだわ。当時、ひどい賃貸アパートに住んでいたの。絶えず玉ねぎや石油のにおいが漂っていて。上の階も下の階も住んでいるのは労働者ばっかり。階段はというとゴミだらけ。うちは、中庭側の廊下の一番端から入るんだけど、お便所のすぐ横だったのよ。通りの名前は——前にも言ったけど——誰も知らないわ。この貧困地区の人でさえね。妙な感じがしたわ。まるで身分の高い人たちが集まるきらびやかな舞踏会で、穴の開いたストッキングをはいてぼんやり突っ立っている感じ。ハンカチでむき出しの足を必死で隠そうとしている感じ。こんなひどいことはありえない。すっかり落ち込んでしまったの。

でも主人はなぐさめてくれたわ。第一に、十二月末の午後五時といえば、うちだけでなくどこの家だって暗いって。闇の中ではどの牛もみな黒い牛だよって。金持ちの前で貧乏人が貧乏を恥じることはないとも言ったわ。金持ちが恥ずかしいっていうなら、勝手に恥ずかしがればいいって。主人はそれこそハエも殺さない穏やかな人だけれど、たまにこんな荒っぽいことを思いついたりするの。それからこうも言ったわ。貧乏人は貧乏人同士でしか貧乏を恥じることができない、だってそれなら自分たちでできるから。こういうことに関してはわれわれはみな共犯者だって。私はよく意味が分からないんだけど。あなたならわかる？

こうして次の日にはさっそくお掃除にとりかかったわ。できる範囲で家を整理整頓したの。家具の直せないキズにはカバーをかけた。たいそうなことはいっさいやらないって決めたの。みっともないし、お互いにとって気まずいことになるし。お茶のおともは何にしようかしら？　サンドイッチと甘い焼き菓子がいいわ。バゲットを買ってきて薄く切ってバターを塗って、ハムやキャビア、サーモンを飾ったの。ミニクロワッサンも焼いたわ。正直言って私の焼いたミニクロワッサンは最高よ。そう、紅茶も買ったわ。香りの高い、薄い色のインド産のものをね。ベラに古いウィーンもののお茶セットと銀食器を借りたの。だってまさかうちの陶器のマグカップや錫の食器を出すわけにいかないじゃない。

水曜日の午後早い時間にはもう準備が整ったわ。四時になると二人とも着替えをした。主人は家じゅうを最終チェックした。あまりに清潔すぎ整いすぎで、堅苦しい感じがするっていうの。それでちょっとだけ自然に見えるように崩してみせた。長椅子のひじに私が安い偽物の絹布をひっかけたんだけど、それを取っ払ったのよ。私は反対した。ひじのほつれた生地が見えてしまうんだもの。けんかになって、それから和解したの。偽造品の絹布はそのままにするけど、そのかわりぴかぴかに磨いてあった灰皿を、煙草の灰で汚していいって。あの人、煙草の吸い差しをぞんざいに入れて置いたわ。

五時にはまるで劇場の舞台にいるみたいに二人向かい合って立っていた。まだお客さんが着きもしないのに、私たち演技していたのよ。何か壮大なシーンの始まりを告げることばを待っていたの。〝開幕のベル。マルティニ殿、マルティニ夫人殿、登場〟ってね。私たちはやることもなくてあくびをして、家の中をうろうろ歩き回った。廊下で物音がすると、椅子に飛んで行って坐った。だって突然そんなところを見られたらいやでしょ。うちは女中もいないから、自分でドアを開けなくちゃいけないってことも忘れてね。この午後のためにベラのところの女中を貸してもらおうとしたのに、主人が許してくれなかったのよ。

主人はそわそわしてサーモンのサンドイッチを二切れ食べてしまったの。それでサーモンのサンドイッチはあと一切れになっちゃったわ。それにひっきりなしに懐中時計を見てた。五時半を過ぎると、もしかして運転手が道に迷ったんじゃないかって思ったわ。マルティニにはあの狭い通りへの道順は説明してあったのだけど。ことによったら着くには着いたけど、このうす暗い階段か廊下か、または別の階に迷い込んで、うちのドアを探し回っているんじゃないかとも考えた。マルティニはすごい車に乗っていたのよ。広間くらいの大きさで、冬には電気で暖房するの。

六時になると主人は待ちきれなくなって、来ないかどうか見ようとまた降りていった。ちょうど彼が下についた頃、私は上階で大きなクラクションの音を聞いたの。しばらくして門のベルが鳴ったわ。主人が一人で戻ってきて、はあはあいいながら「来たぞ」って。階段を駆け上ってきたのね、かわいそうに。階下で会いたくなかったものだから。

それからドアのベルが鳴ったの。私たちはまず「一、二、三……」て数えて、それからドアを開けた。暗い湿った廊下にひょろりと痩せたとても背の高い人が立っていたわ。主人より頭ふたつ分も背の高いマルティニがね。でも私はすぐに彼が一人で来たと気がついたの。残念だが妻は風邪をひいてしまって、いやちょっと鼻風邪でね、寝込んでいるわけじゃないんだが、でもこういう時はやっぱり外出を控えた方がいいかと思って、いやすまないね、次の時はぜひ、と言い訳をした。毛皮のコートをこちらが手伝う間もなくさっさと自分で脱ぐと、その辺の椅子に無造作に投げたわ。玄関の壁にこのために銅製の釘が三つ打ち付けてあるのが見えなかったのね。私がそこに掛けたわ。ビーバーの毛の襟に、内側は柔らかいこげ茶の縞のジャコウジカ。見事なコートよ。

あの長くて細い足で、うちの食堂をそれこそあっというまにまたいで通ったわ。一歩か二歩で、もう食堂は終わり。なくなっちゃうのよ。それからあたりを見回して、また引き返す。で、また壁際に立つの。うちの食堂がどれだけ狭くて小さいか思い知ったわ。まるで小人たちに囲まれたガリバーね。頭は天井すれすれ。顔色は悪くて、私たちを見たり、家具に目をやったり、なんとなく小馬鹿にして嘲るようににやりとしたり、でも私たちのことじゃないみたいで。さあ、何を笑ったのかしらね。

私たちはお茶の支度を整えたテーブルについたわ。私は会話が途絶えやしないかって気が気でなかったわ。というのも、その前に主人が貧乏人と金持ちは絶対にお互いに正直にはなれないんだって説明してくれたの。冗談ぽく言ったのよ、まあこんな感じに。

貧乏人は金持ちを見て「おまえ金持ちだな」って思う。金持ちは貧乏人を見て「おまえ貧乏だな」って思う。貧乏人は心の奥底で金持ちに向かってきっぱり叫ぶ。「金をくれ。金をくれ」金持ちは心の奥底で貧乏人に向かって同じようにきっぱり叫ぶ。「やるもんか。やるもんか」これが口にできないのと同じで、会話もついつい途絶えがちになるのよ。

おしゃべりが始まったわ。お茶を淹れているあいだ、天気のこと、暖冬のこと、お芝居のこと、それからおずおずと用心しながら〝一般的経済状況〟について話したわ。マルティニは最近ウィーンの金融のお偉いさんたちから仕込んできたっていう小話を聞かせてくれた。その小話は為替とか利子とかの話で、オチは何かドイツ語のことば遊びだったわ。あまりよくわからなかったけど。でも失礼にならないように微笑んでおいたわ。主人の方は――ちょっと大げさに笑いすぎていたと思うわ。もうちょっと静かに笑ってもよかったのにね。場にふさわしい程度にね。

マルティニは小話が終わると上唇を鼻の方へ引っぱり上げて、十五秒から二十秒くらいそのままにしていた。まるで鼻で上唇のにおいを嗅いでいるみたいに。いつもそうするの。顔が歪んでちょっとにやける感じ。悪い癖ね。でもそれだけ。反射的なもの。でも彼がすると——ほんとよ——嫌な感じがしないの。何をしても嫌な感じがしない人っているものね。

彼はお茶が冷めるのを待って、それからゆっくり飲み始めた。砂糖もラム酒も入れずに飲んだわ。ミルクを入れて。とてもおいしいインド産の紅茶だってことは、気づかなかったようね。ベラから借りたお茶碗も銀食器も褒めなかった。だって彼には何一つ珍しいものじゃないから。私はサンドイッチを勧めたの。たった一つ残ったサーモンのサンドイッチがすぐ目に入るようにお皿を向けた。バターの上に載った、透き通った美しいピンク色の魚の切り身が見えるようにね。彼はちらっと見はしたけれど、それじゃなくて他の普通のバターを塗ったパンに手を伸ばして一口食べると、すぐにお皿に置いてもう手をつけなかった。煙草に火をつけたわ。金紙を巻いた煙草を用意したのよ。そして音楽について話をしたの。

彼が音楽に興味があるなんて知らなかった。あちらもまた、主人がりっぱな音楽家だってことを知らなかったのよ。二人はバッハとモーツァルトについて話をしたわ。バッハとモーツァルトだけで他はまったく。いえちがうわ、バッハだけ。主人はバッハが大好きなの。彼曰く、バッハの音楽は至上の音楽で、数学的抒情詩で、おセンチや感情にぜったい流されない悲しみは純粋で客観的で正確なんだ、ちょうど人間はその弱さや限界からどんなに無限に近づこうとしてもむだで、地上では二かける二はいつでも四であって五じゃないってことを思い知らされるようなものだって。あの人、話が上手なの。あと思い出したけど、バッハというのは小川の意味で、そのテンポは山の砂利の上をちょろちょろと流れ落ちてくる冷たく透き通った水の流れに似ているって。熱弁だったわ。

お茶の時間のあとみんな立ち上がった時、マルティニは部屋の隅に立って――まんざら社交辞令というのでもなく――何かバイオリンで弾いてくれないかと主人に言ったの。主人はそんなこと言わせるそぶりも見せなかったのに。それで、バイオリンケースを持ってきて音を合わせ、バイオリンをあごの下に挟んで、眼を閉じたわ。

私は長椅子に腰かけて、主人を見ていた。いったい何を弾くのかしらって。G線上のアリアを弾いたわ。私たちが知り合った当時、聴かせてくれた曲よ。二十年前にね。ほら、あのメロディーよ、あの深くてせつないメロディー。主人はよく説明してくれたの。この曲はまるで闇の中で大人の男が歌うというか口を閉じてハミングしているような感じ、何度もたち戻って繰り返し言っても言い足りないような感じって。なぜなら何度も経験してきたし、これ以上美しく悲しく奥深いものはないって。私って自慢する方じゃないってあなた知っているわよね。でもこの晩は本当にすばらしい演奏で、お客さんのことさえも忘れてしまって、弦の上にまっすぐ置かれた弓が確かな動きをするのを私じっと見ていたの。それから彼の黒い髪と弾きながら開けた目をね。

マルティニは感心してうなずいていたわ。もっと弾いてくれと言うので、主人はガヴォットを弾いた。マルティニは眉毛をぐっともち上げて、じっと宙を見ていた。きっとセバスチャン・バッハを、あの太ったオルガン奏者の姿を追っていたのね。ガヴォットも終わりに近づいた。最初のメロディーが和音になって勝ち誇ったように盛り上がり、G線が渾身の心に迫る音を奏でたわ。このときだったのよ。ここまで長いお話をしてきかせたのは、このためなの。

突然、耳をつんざくような、何かが壊れる音がしたの。窓が割れたか、お隣の大きなガラスのドアが割れたかしたと思ったわ。マルティニが飛びのいて、よろめいて両手を壁についた。私は駆けつけたわ。なんと、水差しが割れたの。うちの中国製の水差し。マルティニが部屋の隅でもたれたのね。水差しがあるとは気がつきもせず。傾いて、ひっくり返してしまったの。粉々に砕け散ってしまったのよ。

主人はちょっと経って駆けつけたわ。バイオリンを長椅子の上に投げるように置いて、弓だけ握ってた。慌てふためいて、眉をしかめてた。まだ状況が飲み込めなかったのよ。無理よね、だってバイオリンを弾いてたんだから、夢から覚めたところだったわけ。でも私はもう理解していた。主婦らしく、おしとやかに微笑んだわ。マルティニはおろおろして孤立無援といった風にただ床を眺めていた。哀れだったわよ。主人と二人で大丈夫、何でもありませんよ、気になさらないでと慰めたわ。

ソファの横にいそいで肘掛け椅子をもってきて、そこにかけさせたの。この壊滅状態が目に入らないように背中を向けてね。誰だってこんなの見たら嫌な気持ちよ。彼はまた自分の鼻を食べちゃうんじゃないかっていうほど上唇を引きつり上げて、いつまでもそうしてるかと思ったわ。主人はまたガヴォットを始めから弾き直した。マルティニは演奏を気に入って、主人の教養を誉め、演奏会を開いたことがあるかって訊ねたわ。

私はワインを小さなグラスに注いだ。レアーニカ（訳注：エゲル地方の赤ワイン）をこの夜のために手に入れておいたの。マルティニからもらったシャンパンは開けたくなかったの。私が焼いた美味しいミニクロワッサンと一緒にお出ししたわ。でもあの人、手をつけなかった。胃酸過多に悩まされてたのね。煙草をもう一本吸って、予想に反して一時間以上も長居したわ。もうそろそろ帰ってくれてもいいのにって思った。こちらは一所懸命楽しませ、陽気でいい人を演じようと努めたわ。

フーガハ長調の演奏を聴き終わると立ち上がったの。主人は玄関でジャコウジカのコートを羽織らせてやった。私の手にキスをしながら、あの人、壁を見ていた。ドアのところで引き返し、財布から五ペンゲー札を一枚取り出して、サイドテーブルに置いたわ。女中にってね。うちの女中、いつだって、一度だって存在したことのない女中にね。私たちと握手をして、もう一回上唇を鼻に引き寄せた。それから暗い湿った廊下に消えて行った。

私たちはこの時ようやく互いの顔をまじまじと見つめたわ。まあいったい全体、何が起こったんでしょう？　笑えばいいのか泣けばいいのかわからなかった。二人きりになったとたんに、無我夢中で惨事の現場へ飛んで行ったわ。万事休す、よ。せめてこの目で見なくてはと思ったの。それはもう悲惨、悲惨よ。大事な真っ白の陶器は跡形もなく木っ端微塵。主人が笑えない冗談を言ったわ。「こんな粉々に砕けるのは、過ぎ越しの祭のパンのみ。長い貨物列車が引いていった後のね」って。たったひとつ、手のひら大のかけらが残っただけ。黄河に石橋が架かっている絵の部分よ。主人はそのかけらを取り上げて、悲しそうに眺めてから、また床に置いた。これももうだめ。私は箒とちりとりを持ってきて、大事な宝物をすっかりきれいに箒で掃いて、ちりとり四杯分の破片を運んだわ。ゴミ捨て場に捨てたの。

そんなに驚かないで。まだ気の毒なんて顔しちゃだめ。嫌な気分にならないっていえば嘘だけど。壊れた最初の瞬間は驚いたわ。なくなって寂しい思いもした。時々部屋の隅に目をやって、なにもないのを見てはベソをかきそうになった。でも基本的には怒ってなかったのよ。それからお茶を飲んだり、ちょっと食べたりしたわ。サンドイッチがたくさん残っていた。マルティニは一切れしか食べなかったし、主人は四切れ、私は――主婦は緊張するのよ――ひとつも食べてなかった。主人は一切れ残っていたサーモンを食べてしまったわ。あの人サーモンが大好きなの。そういつでも食べられないもの。私ももう遠慮なく食べたわ。ワインを注いで二人で乾杯した。

面白いもので、「こと」が気になり始めたのは少したってからよ。ある種の妙な恥じらいがあって、このことは話題にしなかったの。私たち二人きりで、他に誰もいないのにね。お互いに恥ずかしかったのね。彼が言い出したの。「マルティニはどうするだろうか?」ってきくの。私は「何かするわよ、必ず」と答えた。「そう思う?」って主人は言って私を見たわ。「それが自然でしょう」って答えたわ。「損害を与えたってことわかっているわよ。それもどれだけの。目の肥えた人だもの」「どう思う?」主人がきくの。「どう思う、おまえ?いったいどう片をつけるだろうか?」それはわからないと答えたわ。代わりの物を贈ってくるかしら。それともお金で弁償するかしら?「いくらかな?」って主人がきくの。「一二〇〇ペンゲー?」「何言ってるの」私は怒って言った。「子ども騙しじゃないんだから。あなたったらいつもそう。骨董屋がそれだけ出すって言って、即金で買い取る、しかもドルでもスイスフランでもっていうのよ。だったら最低でもその二倍、三倍——いいえ——五倍はするわ。ただでさえ、あれはだいぶ昔の話よ。あれから値段も上がったでしょう。なに首を振ってるの?お馬鹿さんねえ。ヴァレールは一万コルナはするって言ったわ。だって、どう?マルティニにとって一万ペンゲーなんて、どう?なんでもないわ。二万ペンゲーだからってどう？　そんなのちょうどあなたにとっての二十フィレールみたいなものよ。それ以下よ。笑わせないで」

主人は肩をすくめて微笑んだ。レアーニカのボトルを二人ですっかり空けてしまったわ。そしてわくわくして、幸せな気分で寝床に入った。なぜだかわからないけど、この晩、私たちの人生に新しい時代が始まったって感じたの。翌日の朝、主人は清々しく元気に銀行へ出勤した。私は午前中ずっと家にいて、市場へも出かけなかった。買い物に行く必要はなかったの。サンドイッチもミニクロワッサンもまだ残っていてじゅうぶんお昼ごはんになったからら。でも私は思うところがあって、あえて家を出なかったの。何かを待っていたのよ。何か予期せぬもの、手紙を携えた使いの者とか、花束か小包か小切手を届けにきた運転手とかそういったものをね。ベルが鳴るたびに飛び上がったわ。午前中に二度もベルが鳴ったの。一度は管理人が洗濯室の鍵を持ってきて、二度目は背中の曲がった女の人が肺病の子どもたちのための寄付金を集めに来たわ。三度目のベルで主人が帰ってきた。連絡があったか、せめて電話はあったかかってきいたの。そしたら、なかったって。

これはいい兆しだと思ったわ。こんなことは、そうそう今日明日にさっさと片付けられる問題じゃないし、そんなことは許されないし、するべきじゃない。急がば回れよ。そもそも良心の問題で済むものじゃない。きっと電報を打とうとしているのよ。自分の犯したへまを恥ずかしく思っているのよ。とにかく、前の日——あの大騒ぎの瞬間——自分たちがかしこく振舞ったことに大いに満足していたわ。彼の注意をそらせて、そのあともいっさい触れようとしなかったのは、われながら人格的に実によくできたって感心したのよ。彼も触れてはいけないって思ったはずよ。私たちも彼が何も言わなかったのは気が利いているって思ったわ。

慌てないことに決めたの。果報は寝て待て。それから六日か七日寝たわ。あちらも何の音沙汰も立てないまま六日か七日寝たというわけ。まだ私たちものんびり構えていたわ。それどころか、期待はどんどん膨らんでいた。あの人はきっと計画を遂行するためのアイデア、つまり「やり方」を考えているにちがいない。だって、やり方を間違ったら、どんな心のこもった贈り物も品がないわ。この計画が——自然にゆっくりと——熟す機を待つことにしたの。

そんなわけで、毎日が同じように静かに何事もなく過ぎていくあいだ期待はどんどん大きくなって、うちの水差しは虎の子の投資で、ごみ捨て場というまさに一等地でみるみる利子を増やしているんだって確信したわ。二月になると、マルティニはもう何週間も前にフランスのリヴィエラ海岸に保養に行ったってわかったの。これですべて説明はついた。私たちは喜びで顔を輝かせたわ。

三月二十九日に戻ってきた。翌日、主人は偶然に――あの事件後はじめて――銀行のエレベーターでばったり会ったの。マルティニはどこか不自然に快活で、ばつが悪くもじもじしたようにも見えた。あの夜と私たちのことを思い出すのが気まずかったのだと思うわ。しばらくの間は本当に償いの方法が思いつかずに良心が痛んで自分を責めているんだと思った。そのあとは、何か理由があって渋っているんだって。だけど何を渋るのかしら？　いいえ、そんなことなかった。その一週間後には、大きな車の中から自分のほうから主人に挨拶して、大きく手を振り続けたのよ。

　私は一所懸命主人を励ました。言い訳を探したの。マルティニは多忙だし、あれだけ忙しかったら、こんなたいしたことのない額をいちいち覚えていないし、私たちと違って彼にとってはあの水差しなんかどうでもいいんだからって。けれど、この件についてはそのうち何かの機会にけりをつけるんだろうって。でももう確信はなかった。実際私も自分を責めるようになったわ。六月になると私ももう待てなかった。主人に言ったの、お願いだから誰か――例えば上司とかパルノー・パリとか――を通して伝えてもらってって。彼は怒って反対したわ。そんな失礼なことはできないって。そんなことをしたら、すべてが水の泡になるかもしれないと思ったのね。それはそうかもしれない。私も彼に任せたわ。

　マルティニは夏になるとしばらく自分の領地で過ごして、そのあとスイスの温泉保養地に行った。秋になってブダペシュトに戻ってきたの。九月の終わりには、うちはあれやこれや物入りになったけど、お金は一銭もなかった。だって、新しいアパートへの引っ越しでお金を使い果たしてしまったのよ。首まで借金漬けになって、引っ越しをやめて前のアパートにいればよかったたって後悔したわ。それでまた水差しの話になったの。毎日のように話題にのぼっていたとはいえ、わかると思うけど、前ほどは話さなくなっていたんだけどね。今度は私から、手紙を書いてちょうだい、それも書留でって切り出したの。やっぱり単刀直入が一番。お金に困っているんです、あの手この手はもうやめて、水差しの弁償をしてくださいって、あんな夢みたいな額でなくて、市場の、相場の金額、つまり一五〇〇ペンゲー――または――一二〇〇ペンゲーでいいからって伝えてちょうだいって。骨董屋の見積もりを同封してもいいわ、ちゃんと署名入りのお店の書類をね。ようやくマルティニは六〇〇ペンゲーの現金をよこしたわ。ちがう、六〇五ペンゲーね。女中にって置いていった五ペンゲーも入れて。だって、あれは私がもらって自分で使ってしまったから。ウサギやブドウやそれまでくれた贈り物は――大目に見積もっても――九五ペンゲーにもならないわ。ということは、どう見たってあの人私たちに八〇〇ペンゲーの借りがあるわけ。これは請求できるものかしら?

でも主人はそんなこともう聞きたくもない様子だった。私を責めて、ひどいことを言ったわ。テーブルを叩いて、「そんなことするくらいなら、死んだ方がましだ、行き倒れになったほうがましだ」って大声を出したの。私はなんとか説得しようとした。「そんなにあの人が大事？　あのマルティニはあなたの何だっていうの？　何に困るっていうの？　この先何を期待しているのよ？」彼は本質的に私が正しいと認めたわ。でも形式的にはちがう、そして形式が大切なんだって。「そんなことはできない」いつもこの繰り返し。「できないものはできないんだ」そう言ってテーブルを叩いたわ。

だけど偶然というものはすごいわね。私たちがこんな風に喧嘩している時、マルティニは手紙を投函していて、翌日それを受け取ったの。主人は勝ち誇ったように手紙を私の目の前にぶら下げて言ったわ。「ほら見ろよ。明日の夜九時に屋敷に招待するとさ」それから説教よ。おまえは人間てものをちゃんと見ていないんだ、もし昨日おまえの言うとおりにしていたら、すべて台無しだったよって。私はあんまりうれしくて、彼と一緒になって自分を責めたわ。ようやく元気を取り戻した。私はお屋敷の金塗りの門まで話し合いに行く彼を送っていって、外のぬかるんだ道で待ったわ。でもそんなに長く待たずに済んだ。五分もすると彼はがっかりして出てきたから。マルティニは銀行の上司に電話や手紙じゃ伝えられない要件を言づけたの。水差しは話題にもしなかった。どうしてかって？　もうそんなことすっかり忘れてしまっていたのよ。でもどうやって忘れられるって？　それはあの時、壊した時ね、私たちが慌てて言ったことをその通りに信じ込んだのよ。何でもありませんよ、構わないで、ほんとに何でもありませんからっていうのをね。彼はそれを額面通りに受け取って、すぐその場で忘れてしまったのよ。あれからかれこれもう一年経ったわ。もう家に呼んでくれることもなくなった。疎遠にされたのね。そう、そう。もうほんとうの終わり、アーメンよ。

うちの水差しの話はここまで。もうくりかえし何度も人に話したわ。そろそろ終わりにしましょうね。いつもの通り、ずいぶんしゃべってしまったわ。でも退屈じゃなかったら――ほんとに退屈してない？――もう一つ話しましょうか。今までまだ誰にも言えなかった話なのよ。

これはね、新しいことよ。最近の話。ついこの十月末、十一月の家賃の支払いの前のことよ。主人は悩んで何日も眠れなくていらいらして、うちはまた立ち退き寸前だった。ある日の夜、主人は何時間も手を後ろに組んで暗い顔で食堂を行ったり来たりしていた。私はソファで縫物をしていたの。あの人急に私の前で立ち止まって話し始めたわ。水差しの話じゃない。そのことは私たちとうに話さなくなっていたわ。神様の話よ。

僕らはみんな神様を尊び愛しているよね、とあの人話し始めたわ。神様が慈悲を下さって幸福や宝物をお与えになったら感謝するよね。もし逆に神様がやってきて僕らを両手で打ち、乞食にされて大切な人を奪われても、やっぱり神様を祝福するよね。だって神様の御心は計り知れないんだからって。あの人私にこんなこと話すことなんてないんだけど。びっくりして縫物の手を止めて見上げたの。この人何を言い出すんだろうって。

そしたらこう続けたわ。静かに、でもさっきより熱をこめて。「ねえ、わからないか？　今の世の中、みんな金持ちをまるで神様のように崇め慕うだろう？　金持ちによくしてもらったら幸せだし、無慈悲で冷たく酷い目に遭わされて、痛めつけられたりいじめられてもやっぱり幸せ。なぜ金持ちを敬い愛してしまうのか自分でもわからないんだ。きっとその人だから、その人が金持ちだからだ。金持ちならきっと正義も善意も人生も与えてくれるって思うんだよ。正直言って、僕たちだってそうだよ。だって、水差しが壊れてからというもの、僕たちの生活は特に幸せで、毎日が希望と信念に溢れていたんじゃないかい？　信じ、望み続けたんじゃないか？　ひどいことをしてくれたけど、かえってますます僕たちはあの人が好きになった。考えてごらん、金持ちってのは神秘の魔法、この世のものじゃない栄光の輝きをまとっているんだ。金持ちの手に触れるとたちまちすべてが黄金や祝福に変わってしまう、そんな不思議な存在。そう、そうなんだ、金持ちってのは神様に似てるんだ」ってあの人叫んだわ。「この世では金持ちが神様自身なんだ」って。

神様を冒瀆しちゃいけないわって、私たしなめたわよ。「あなたったらまるで共産主義者みたいなことを言うのね」って叫んで、私泣いたわ。「あなたの話はたくさん。神様を侮辱しないで」って。信仰は私の唯一の慰めなのよ。彼は横に腰かけて言ったの。「今は金がすべてだ。他に信じられるものなんかない。他の価値基準なんかない」私は否定したわ。そしたらこうきくの。「おまえは通りで警察の許可をもらって三ペンゲーで身体を売っている道を踏み外したあわれな女たちを見たことがあるか？　彼女たちがどれだけ蔑まれて、まともな人たちの社会から締め出されているか。だけどね――と続けたわ――彼女たちが蔑みの目で見られるのは、おまえが思うように堕落して身を持ち崩しているからじゃない。そうじゃなくて、三ペンゲーで身体を売っているからだ。三〇ペンゲーの値段がつく女たちはもっといいカフェに、三〇〇ペンゲーの女はサロンにも出入りできる。そして三〇〇〇ペンゲーかもっと高い値段がする女は貴族の社交界にも入り込んで、やつらと腕を組んで一緒に写真に収まることもできるんだよ。すべては金額次第だってことさ」それからああだこうだと並べ立てたわ。戦争だって金目当て、いわゆる〝重要な経済的利益のため〟だし、そのために何百万という罪のない人々が殺し合い、権力をもった組織のトップの奴らはこれが正義だと主張して煽り、偽りの大義をねじ込むんだとか、知性や信念なんて今の世の中何の価値もない、金さえ受け取れば平気で馬鹿な意見を書く奴らがいるとか、その一方で清く正しい人間や芸術家は奴隷さながら慈悲にすがって、やっとの思いで食いつないで小さくなってなくちゃいけないんだって。

で、私がどう答えたかって？　しばらく黙ってじっと見つめていたわ。あの人気がちがったのかと思ったの。こんなに信心が揺らいでしまうなんてって、かわいそうになったわ。彼を抱きしめて両手を強く握った。それから涙を拭いながら声をひそめて、夢中になって話したの。私はかけがえのない神様に仕えずにお金や現世の権力に従う人はみんな呪われてると思うって、私が崇めるのは私たちみんなのために死んでくださったイエス様だけだって、私にとっては夜な夜な町をさまよう貧しい娼婦もトラの毛皮や宝石を身にまとった有名な高級娼婦もまったく同じだって、人殺しは絶対に、どんな状況でも絶対いけないことだって、あらゆる戦争は罪、主の御心を裏切る許すまじき罪だって、どんな心も清い思想も、どんな気高い精神も自由であるべきだって、だって私はカトリック信者、そう確固たるカトリック信者で、誰のことだって何だって怖くない、怖れるとしたらただ神様だけだって。そんなことを言いながら、主人の額になんどもキスをしたの。それであの人ちょっと落ち着いたわ。

でもこれは言わないでね。絶対、誰にもね。職場に知れたら、あの人すぐに銀行を追い出されるわ。あなたにだから言ったのよ。あなたのことが好きだから。主人はなんだかんだ私の言ったことに納得したわ。私もあれ以来、あの人が言ったことをずっと考えたの。とても納得はいかないわ。でも一つだけわかるの。このことはよく考えたわ。私ね、実際マルティニが水差しを割った時、嬉《よろこ》んだの。多分何かを期待というか、何かを望んだのね。それどころか今でもね、もう何も期待も望みもしないのに、他の誰でもなく彼が割ったことが嬉しいの。これっておかしいわよね。でもね、そうなのよ、そういうものなの。

（1931）

水浴び　Fürdés

白昼の太陽が照りつけていた。

闇夜の写真撮影でフラッシュを炊いた時のように、バラトン湖の水浴場は日光の照り返しで目も眩む明るさだった。砂地や石灰を塗った家々やトウモロコシの倉庫まで、風景のすべてが白く見えた。空も白かった。アカシアの埃っぽい葉は、まるで紙のように白々としていた。

二時半になろうとしていた。

シュハイダはこの日早起きした。テラスの階段を降りて、別荘の中庭に作った菜園に入ってきた。

「どこにいらっしゃるの?」ナデシコの花壇のところでレース編みをしていた妻が訊ねた。

「ひと浴びしてくる」シュハイダはえんじ色の海水パンツを手に、あくびをして言った。

「だったらあの子を連れて行ってあげて」妻は頼んだ。

「いや、やめておこう」

「どうして？」

「だめな奴だからな」シュハイダは答えた。「どうしようもない」そして続けた。「まったく勉強しない」

「そんな」と妻は肩をすくめて反論した。「午前中ずっと勉強していたわ」

台所の前のベンチで十一歳の男の子が眠そうにしていた。ひざには綴じた本を載せていた。ラテン語文法の本だった。華奢な子で、髪はバリカンで短く刈っていた。赤い体操服を着て、麻のズボンに革の編み上げサンダルを履いていた。目をこすって父と母の方を見ていた。

「じゃあ訊くぞ」シュハイダは頭をいきり立て、厳しい口調で言った。「〝私は褒められるだろう〟は？」

「ラウデレントゥル」子どもはとっさに声を震わせた。学校にいる時みたいに背筋をぴんと伸ばして答えた。

「ラウデレントゥル」シュハイダは嫌味っぽくうなずいた。「ラウデレントゥルか。つまりは追試でも落第点を取るってわけだ」

「わかっているのよ」母親はかばって言った。「わかってるけど緊張してしまうの。あなたのことが怖いのよ」

「学校を辞めさせよう」シュハイダはさらに息巻いて言った。「そうだ。辞めさせてやろう。自動車修理工のところに奉公に出してやる。タイヤ職人にな」なんでまたとっさにこの職種を選んだのか、自分でも分からなかった。そもそもタイヤ職人のことなど、これまで考えたこともなかったのだ。

「ヤンチ、こっちへいらっしゃい」母親は言った。「これからはちゃんと勉強するわ。ねえ、ヤンチ？」

「救いようのないガキだ」とシュハイダは口を割って入った。怒りは彼にとっては唐辛子か何かの香辛料のように作用するのだった。「まったく救いようがない」と繰り返し、憤って徐々に血管が開いていく快感を感じながら、こうして退屈な午後の暇つぶしをするのだった。

「ちゃんと勉強するよ」と少年は蚊の鳴くような小さな声を震わせた。

叱られてすっかり立場をなくした彼は、救いを求めるように母親の方を見た。

父親をその目でちゃんと見ることはめったになく、ただその存在を感じるのだった。いつでもどこにいても、父親の存在を肌で感じたのだ。

「勉強なんかやめてしまえ」とシュハイダは吐き捨てた。「もう金輪際な。無駄だ」

「だから勉強してるじゃない」と母親は言って、息子の頭を抱き寄せて撫でた。「許してやって。さあヤンチ」と今度はいきなり話題を変えて言った。「水着を持ってらっしゃい。お父さんが泳ぎに連れて行ってくださるから」

ヤンチは何のことか、母親の仲裁が何を意味するのかわからなかった。長々続くもめごとを、口をはさむ余地もなくあっという早さで解決してくれたのだ。とにかく、ヤンチはテラスを駆け上った。そこから小さな暗い部屋へ入った。引き出しを次々に開けて、えんじ色の海水パンツを探した。父親のとそっくりで、ただサイズが小さいだけだった。母親が両方とも縫ったのだ。

父親は落ち着かないようすだった。

妻に向かって文句を言うでもなく、セイヨウスグリの茂みのそばに立って、なかなか来ない息子を待っているようだった。しかしそのうち思い直したのか、庭の門を出て行った。湖の方へ向かったが、いつもよりは心持ちゆっくりと歩いていった。

少年はまだ水着を探していた。

ヤンチは中学二年の学年末試験で、ラテン語で落第したのだった。この夏は追試に向けて準備していた。夏休みも勉強に本腰を入れなかったので、父親は一週間のあいだ水浴びを禁止するという罰を与えたのだ。まだあと二日はあったのだが、この機会を逃すことはない。

必死に服をかき分けて探し、やっと海水パンツが見つかった。袋にも入れず、そのまま手に持って振り回しながら中庭に下りてきた。中庭には母親しかいなかった。母親に飛びついて、急いでその大好きな優しい顔にキスをすると、父親を追いかけて走って行った。

母親はその背中に向かって大きな声で、自分も後で行くからと言った。

シュハイダは二十歩ほど先の歩道を歩いていた。ヤンチが皮のサンダルで走ると、砂けむりが舞い上がった。クコの茂った歩道のところで、すぐに父親に追いついた。数歩手前まで近づくとゆっくり歩き、犬みたいにそうっと横に並んで歩き始めた。もしかして追い返されないだろうかと不安だったのだ。

父親は一言も口をきかなかった。子どもは横から時々ちらっと視線を向けて顔色を窺った。父は険しい表情を変えなかった。背筋を伸ばし、じっと前を見ていた。息子に気がつきさえしないらしく、相手にもしなかった。

ヤンチはさっきまで嬉しい知らせに心躍らせていたが、すっかりしょげてしまい、とぼとぼと歩いた。のどが渇いたし、何か飲みたかった。来た道を引き返したかったが、父親がまた怒って怒鳴りつけるんじゃないかと思うと怖かった。なので、これ以上状況を悪くしないためには、一緒に歩き続けるしかなかった。

少年はおとなしくついて行った。

別荘が並んだところから湖まではせいぜい四分だ。水浴場としては殺風景で、電気やその他の設備もない。石ころの多い湖岸で、まったくあか抜けない場所だった。貧乏な役人たちがよく利用する保養地だった。

外の庭では桑の木の下で女や男たちがシャツ一枚に裸足で、スイカやゆでとうもろこしにかぶりついていた。

シュハイダはなじみの知り合いたちに親しげな声であいさつをした。子どもはその声を聞いて、父さんの怒りもようやく休戦状態に入ったと安心し、見たところほど怒ってはいないのだろうと思った。しかし少し経つと、また父親はひたいに厳しいしわを寄せた。

日なたでこおろぎが鳴いていた。水の柔らかくこもったようなにおいがここまで漂ってきた。おんぼろの更衣室の建物も見えてきたが、シュハイダはなおも黙り続けていた。

縛った髪を赤いスカーフで巻いたイシュテネシュのおばさんが更衣室の番をしていて、二人を中へ通した。まず父親を一つめの脱衣所に、次にいつもシュハイダ夫人が使っている二つめの脱衣所に息子を入れた。

岸辺には若い男が一人いただけで、他に誰もいなかった。潰れてしまった小さなボートか何かを修理していた。地面に並べた錆びついた釘を叩いていた。

ヤンチの方が先に水着に着替えた。

脱衣所から出てきたものの、どうしたものやらわからず、思い切って水に入ることもできずにいた。もじもじして自分のつま先をながめていた。父親が出てくるまで、まるでめずらしいものを見るみたいに、穴のあくほどじっとつま先を見ていた。

シュハイダはえんじ色の海水パンツをはいて出てきた。ややおなかが出てはいるが筋肉質で、毛むくじゃらの胸を張るようすに、息子はいつも見惚れてしまうのだった。

ヤンチは父親をちらと見やり、その表情から何か読み取ろうとするが、何もわからない。金縁の鼻眼鏡が強く反射していたのだ。父親が湖に入っていくのを、気後れしながら見ていた。

「おいで」

シュハイダが振り向いて声をかけると、息子はようやくおずおずとついて来た。

父親の一歩うしろを進んでいく。いつもするように水に浸かって平泳ぎで泳ぎだそうとはしなかった。父親が何か言ってくれるのを待ちながら、頼りなげについて行った。シュハイダはこれに気づき、振り向きながら不機嫌そうに言った。

「怖いのか?」

「ううん」

「じゃあ何をぼんやりしているんだ?」

水面に杭が突き出したところまでたどり着いた。水は息子の胸の乳首に届くくらい、父親の腰より少し上くらいの深さだった。二人ともしゃがんで首まで水に浸かり、やわらかな湖水の感触を楽しんだ。水はさわやかに青く、乳白色の泡を立てていた。

シュハイダはいい気分になって、ちょっといたずらしてやりたくなった。

「おまえは臆病だな」

「ちがうよ」

その瞬間に父親はもう息子を捕まえ、両腕で持ち上げて水の中に投げ入れた。ヤンチの体は空中を舞い、お尻から水の中にどぼんと落ちた。水が大きく口を開け、ざあっと音を立てて勢いよくヤンチの頭上にかぶさってくる。何秒かしてようやく手足で水をかき分けながらヤンチが顔を出した。鼻と口から勢いよくしぶきを飛ばす。とっさに目が見えず、握ったこぶしで強く両目をこすった。

「嫌か」父親がたずねた。

「そんなことない」

「じゃあもう一回だ、いち、にの……」と言いながらまた息子を持ち上げた。

シュハイダは、「さん」と言うと同時に、大きく揺さぶって子どもを放り投げた。さっきとほぼ同じ場所だが、いくらか遠くの、ロープを張った杭のむこうに放り投げたので、息子が宙返りしながら首をそらし両手を広げたまま水中に沈んだのも見えず、そのまくるりと背を向けてしまった。

真正面にはショモジ地方の岸辺が広がっていた。湖はきらきらと輝き、まるでいく百万ものダイヤモンドの羽をもった蝶が湖面を覆っているようだった。

さっきと同じように、しばらくのあいだ待ってみた。

「おい」いよいよ腹立たしげに言った。次に、脅すような震えた声で言う。

「なにしてるんだ。ふざけるんじゃない」

返事はなかった。

「どこだ?」さらに声を荒げ、息子の頭がどのあたりからひょっこり現れるかと、近視の目で周囲を見回した。ヤンチは潜るのも得意なのだ。

シュハイダは一通りあたりを見渡したが、さっき水に放り込んでから浮かび上がってきた時よりも、時間が経っていると感じた。もっとずっと長い時間が経っていた。

突然いいようのない恐怖に襲われた。

跳び上がって水をかき分け、さっき息子が水に落ちた辺りに急いだ。そうしながら必死に呼び続けた。

「ヤンチ、ヤンチ」

杭の後ろにもいなかった。両腕で水をばしゃばしゃと叩いて回った。手当たり次第、深い所も浅い所も滅茶苦茶に掻き回し、湖の底を覗こうとしたが、水は濁って一寸先も見えない。まだ濡らしていない頭を水に突っ込み、鼻メガネの奥から魚のように目を見張った。必死になって、ありとあらゆる方法で探した。何度も繰り返し水底の泥に這いつくばって肘をつき、しゃがみこみ、水中で回転してみたり、右を向いたり左を向いたり、隙間なく探して回った。

しかし、どこにもいなかった。

あるのは水だけ、恐ろしいほどにどこまでも広がる水だけだった。

飲み込んだ水を吐きながらふらふらと立ち上がると、大きく息を吸った。

水の中を潜っていた隙に、息子はもう水から顔を出して、杭の横かもう少し向こうに立って彼を見て笑っているのでは、あるいは着替えをしに更衣室へ走って行ったのではと淡い期待を抱いた。しかし、どんなに時間が長く感じられても、自分が潜っていたのはほんの一瞬で、その隙に子どもが水から上がったなどというのはありえなかった。

水面はこれまで思いもしなかったほど穏やかで平然としていた。

「おーい」岸へ向かって叫んだ。とても自分の声とは思えないようだった。「どこにもいないんだ」

救命ボートを固定する釘を打っていた若者が、手を耳もとに当てた。

「なんだって？」

「どこにもいないんだ」絶望がしゃがれ声となって漏れた。

「誰が？」

「見つからないんだ」のどが裂けそうな声を出して叫んだ。「たすけてくれえ！」

若者はボートの腰掛け板に金づちを置くと、濡らさないように急いでズボンを脱ぎ捨て、湖に入った。急いでこちらへ向かっているのに、まるでのんびり歩いているみたいだ。シュハイダはその間にも何度か水に潜り、水底に膝をつき、別の方向にも探してみた。しかし遠く離れるのを恐れて、元いた場所に戻ってきた。気が遠くなりそうで、杭にしがみついた。ふらつきながら荒く息をした。なにを訊かれても、まともに答えることができない。

二人ともただ当てもなくうろうろした。

イシュテネシュのおかみさんは、岸辺でひたすら両手を揉み合わせていた。

叫び声を聞きつけて二十人、三十人と人が集まってきた。釣り竿や網を持ち寄ったり、ついにはボートまでこぎ出したが、役に立たなかった。水は浅く、人が隠れてしまうことはありえなかった。

瞬く間に、「誰かが溺れた」といううわさが、まるで事実のようにあたりに広がった。

ちょうどその頃、菜園のナデシコの花に囲まれレース編みをしていたシュハイダ夫人は手を止めた。立ち上がって、先ほど子どもが海水パンツを探していた暗い小部屋へ行き、ドアを閉めると、約束した通り湖へ向かって歩き出した。

強い陽射しを避けるように日傘をさして、ゆっくりと歩いて行った。泳ごうか迷っていたが、やっぱり今日はやめておこうと思った。しかし、クコの散歩道まで来たところで、考え事の糸はぷっつりと切れ、からまった。日傘を閉じ、走り始めた。水浴場の建物まで一目散に走った。

二人の警備員が立ち、人だかりができていた。多くは地元の百姓のおかみさんだった。みな泣いていた。

母親はすぐに事態を理解した。声を上げながら岸に群がる人だかりに向かって駆けていった。その真ん中に、息子が横たわっていた。母親は行く手を遮られ、椅子に坐らせられた。呆然としながら、まだ生きているのかとしきりに繰り返した。

もう生きてはいなかった。十五分以上探してようやく、父親の立っていた杭のすぐ後ろ側で見つかったのだった。水から引き揚げた時にはすでに心臓は止まり、眼の瞳孔は開いていた。医者は彼をさかさまにして水を吐き出させ、心臓マッサージと人工呼吸を施し、もう息をしない少年の細い腕を上下に動かした。何度も何度も繰り返しやってみては、聴診器で心臓の音を確かめた。しかし心臓はもう動かなかった。そして、かばんに器具一式をしまうと、立ち去った。

こうして死はまるで思いついたように突然やってきたが、いまやそれは事実であり永遠であり、地球上でもっとも大きな山脈のように頑としてゆるぎなかった。

母親は荷車に乗せられて家に運ばれた。シュハイダはまだえんじの海水パンツのまま、岸にしゃがみこんでいた。顔と鼻眼鏡からは水が、涙がしたたっていた。狂ったようにため息をついた。

「ああ、なんてことだ。ああ」

両脇を抱えられて立ち上がった。もう着替えるようにと更衣室に連れて行かれた。

まだ三時にならなかった。


（1925）

マーチャーシュの婚約者　Mátyás menyasszonya

スベルスキ・マーチャーシュは雑誌『闘争』の編集助手をしていて、午後になるといつもコシュート広場をぶらりと散歩していた。ダブルの襟と紫色のネクタイには銀の髑髏《どくろ》のブローチを留めていた。ボタン穴には菊の花を挿し、カトレアの香りを漂わせていた。当時はこれが流行だった。誰もが〝幸福の王子〟の真似をしていた。物思いにふける詩人、刑務所に入れられ、床磨きをして聖書を読み、最期はパリの環状通りをむくんだひどい顔で死人のようにさまよった、かのイギリスの詩人を気取ったのだ。空気はこの詩人の悪魔的なロマンに満ち溢れ、ハンガリーの片田舎さえもそこから逃れることはできなかった。シャーロシュヴァールの町の若者たちは熱狂していた。この町にはブダペシュトの流行は一か月遅れでやって来たが、その影響はさらに強くなり、土地の者たちはなにかと度を超して、都会の者たちをやりこめるくらいだった。

マーチャーシュは瑪瑙《めのう》の指輪を軽く日光にかざしてみた。それから詩人気取りで気だるそうに、平家が点々と並ぶアカシアの並木道へ曲がって行った。地元の娘たちが仰々しく下手くそなショパンを弾き、そのピアノの音が開いた窓からかすかに流れてきた。ある料理屋からは、炒めた玉ねぎのにおいが漂ってきた。夕方暗くなる頃には雑誌の巻頭記事を書き、知りもしない首相に怒りをぶつけようと頑張ってみたが思うようにいかず、町に新しい鉄道駅の建設をと主張したり、地元の女流詩人の大仰な恋愛詩を印刷所に送ったり、ブダペシュトからの電話にめんどくさそうに出たりなどした。九時になると劇場に足を運び、もう何度も見たオペレッタの二幕目を見た。そのあとカフェに坐り、新聞を二、三紙ぱらぱらとめくると、煙草の煙をくゆらせた。

夜中を過ぎた頃、ゲルゲイが迎えに来た。

「どうしたんだ?」テーブルに近づくなり言った。

「べつに」

「顔色悪いぞ」

「そう?」

「ああ、ずいぶん」

マーチャーシュはそういわれると顔色が悪いような気がして、もっと顔色が悪くなった。

向かいの鏡に映る自分の顔を見た。青白くなった自分の顔はかなり面白い感じがした。ちょっと髪も直してみた。こうするともっと面白い。ゲルゲイはその間に上着を脱いだ。

「何があったんだ?」とさっきよりきつい口調で問いただした。

「べつに。本当だって」

「僕に隠し事なんかするな。何かあっただろう」

マーチャーシュは自分に何があったのか考えてみたが、わからなかった。申し訳ないようだが、何もなかったのだ。ゲルゲイはさらに疑うように訊ねてくる。マーチャーシュは肩をすくめ、それから自分でも何の気なしに言ってみた。

「婚約者が病気なんだ」こう言うと、ぼうっと遠くを見た。

「おまえの婚約者か?」

「ああ」

「おまえ、婚約者がいたのか?」

「ああ」

「どこに?」

「ブダペシュトだよ」

「重病なのか?」

「肺炎だよ」と重い口どりで言った。

「だけどそこまで心配は要らないだろう」

「心配は要らない、か」とマーチャーシュは今度はいらいらして言った。「四十度の熱があるし、十六歳のか弱い少女なんだぞ。心配いらない、か。どうもご親切に」

二人はヘロイン入りの煙草をくわえ、金色の巻紙の吸い口を噛みながら、並んで朝まで過ごした。マーチャーシュは時折自分でも意味の分からない格言を吐いた。ゲルゲイは彼を家の前まで送ると、落ち着くように、きっと大丈夫だからと言った。

午前中のうちに、友はまた婚約者の様子を伺いにやってきた。マーチャーシュはベッドの上で身体を起こすと目をこすり、何のことだったっけと考えた。冗談だよと笑い飛ばそうと口を開けた瞬間、お人よしの顔が不安そうに返事を待つ様子が目に入った。こんなに情け深く敬愛と善意に満ちた扱いを受けたことはこれまでなかった。沈んだ表情で手を振りおろすと、愛想なくひとこと、まだ電報が来ないんだと答えた。

しかし、表通りに出ると、彼もまた何かくすぐったいような不安に包まれた。今となっては誰にも決して明かすことのできない秘密を抱えて、一人で、たった一人で世間をさまようのだった。秘密は信仰のような宗教のようなものとなり、苦しみは顔をマスクのように覆うと、やがてゆっくりと心臓にまで達し、すっぽりと包み隠してしまうかのようだった。通りを自動二輪車に乗った電報配達人が行き交い、いい知らせや悪い知らせを運んでいた。そう、嬉しいよい知らせだろうが辛い知らせだろうが、どんな人生の節目だろうが運ぶがいいさ。家の壁に立てかけられた自動二輪車を見かけると、まるで現金書留を狙う腹を減らした学生さながら、そっと配達人のかばんの中を盗み見した。いや、いや、あるわけない。だけど電報が来たらどんなにかいいだろう。そしたらすぐにも旅立ってしまえるのだが。今はただあてもなくさまよい、空を見上げ、地面に目を落とし、食べることさえも忘れるのだった。こんな精神状態では食事も喉を通らなかった。彼はベンチに腰を下ろした。もう市境を越えて丘まで来ていた。ほっと息をつき、帽子も脱いだ。うんざりすることすべてを置き去りにしてきたことが嬉しかった。あとは本当に何か起こってくれればいいのだが。そう強く願いすぎて気分が悪くなるほどだった。せめて二、三日でもこの狭い世界を抜け出し、ちょっと深呼吸をして世の中を見渡したいという思いに駆られた。人の生死だろうが何だろうが、どんな言い訳でも構わない、ただここから離れたかった。ベンチから飛び起きると、町に戻って荷造りをした。何も言わず友を訪問した。説明には及ばなかった。何も言わなくてもゲルゲイはすべてを理解し、彼を強く抱きしめると、しっかりするんだ、と言った。マーチャーシュは大丈夫だが今度のことだけはそっとしておいてほしい、自分が発ったことを誰にも言わないでおいてほしいと頼んだ。ゲルゲイは約束を守った。彼はひとことも話さなかったのだが、翌日には町中の人がすべてを知るところとなっていた。三日後に戻ってきた時には、人々は同情いっぱいの沈黙で彼を迎え入れた。

町の人たちが特に感銘を受けたのは、マーチャーシュがさりげなく、まるで何事もなかったかのようにふるまったことであった。紫色のネクタイを黒に取り換えただけだった。日々たいていは一人で劇場やレストランに姿を見せ、夕方には散歩道を歩いた。以前より口数が減り、みなの議論をただ黙って聴いていた。周囲の人々はやがて気を遣ってそっとしておくようになった。悲しい出来事を思い出させないように、まだ日の浅い傷跡がふたたび開かないようにと思いやった。詮索好きな者たちでさえ、あれこれ訊ねることははばかられた。どんな婚約者だったのか、葬式の様子はどうだったか、本当は知りたくてうずうずしていたのだが。みんなただ彼の手を温かく力強く握り、聞き取れないようなことばをつぶやいた。それでも時々探りを入れてくる人間がいたが、彼は詳しいことは何ひとつ言おうとしなかった。そんなことを話して何になるっていうんだいまったく、と言うかのようだった。

こうして数週間が過ぎたが、彼がふさぎ込んでいることをみなが心配していた。特にご婦人方はそうだった。彼が何か目につくしぐさでもすれば、みんなはばかなことをしでかすのではと心配したが、だからといってこれといって何もしないでいても、やはり同じように心配した。最近いかがお過ごし？　と訊ねられると、おかげさまで、元気です、と愛想なく答えた。しかし人々は、この答えの中にあらゆる潜在的な可能性を見たのだった。薬局の助手には彼に毒を売るんじゃないと注意を与える人たちがいた。ある娘は、彼が野原を歩いているのを、それも鉄道の線路のわきを歩いているのを見た。ゲルゲイは、彼がベッド脇のテーブルの引き出しに銃弾を込めたピストルを隠し持っているのを発見した。なんとかうまく言って取り上げることができた。友にお願いだからと言われて、マーチャーシュはもう二度とピストルを手に入れないと約束した。

世間の人々は彼を救うためには何でもした。娘たちは何度となくお茶の時間に誘い、そんな時マーチャーシュは肘掛け椅子に深く腰を下ろし、楽しそうな若者たちを物陰からそっと眺め、病み上がりの患者のように力なく微笑んだ。お開きの時間になると、老人たちは彼の肩やら体じゅうを軽快に叩いては、いやはや人生も時もこうして流れていくもんさといったような悲喜こもごものハンガリーらしいことわざを引き合いに出してみせた。カフェで彼の姿を見かけることもあった。ある趣味人の画材商は祝日にシャンパンを注文し、マーチャーシュのそばにジプシー楽団を呼び、柳やら墓場やらが出てくる歌謡曲をその耳元で歌わせたが、そんな時も彼はまばたき一つすることなく聴き入るのだった。あらゆる目が自分に釘付けになっているのを感じていた。老婦人たちは片眼鏡を手に彼を観察した。そして、ほら、身動きひとつしないし、涙も見せないわ、シャンパンを飲み干してグラスを床にたたきつけただけよ、などとうわさしあった。

　明け方近くなって、彼は帰宅の途についた。町の公園の横を通った。ニワトコの街路樹が重苦しく悲しげで生温かい香りをまき散らしていた。いろんなにおいが混ざり合っていた。セルビア教会の方から風がライラックやオリーブの香りを運んできた。食料品店さながらに、春のにおいが満ちていた。

　マーチャーシュは酔っ払いがやけに感傷に浸るように、人生についてあれこれと思いをめぐらせた。わが身を振り返ってみれば、これといって不満はないのだった。ペシュトから帰ってきて以来、みんなが構ってくれ、孤独を感じることもない。ここでもなんとか生きていくことができそうだ。学生時代のように、世の中が新しく違った風に見えることすらあった。死ということについていえば、それは確かにずいぶんと悲しいことだ。聖ヨブは言った。生きている人は死んだ人の顔を夢でみたことのように思い返すのだ。生き、そして死んだ人は、そもそも生きていなかった人と同じように存在しないのだ。どちらも同じこと。彼の婚約者もまたしかり。結局のところ誰だって自分に都合のよいようにやっていくだけさ。

　中庭を横切っていった。やせた木々が夜明けの月の光を浴びて凍えていた。手に鍵を握ってふらふらとらせん階段を間借りの部屋まで上って行った。ここから棺桶を下ろすのはちょっと大変だろうなと思って、ふとまた婚約者のことを考えた。足元で軋むおんぼろの木の階段を上りながらだんだん怖くなった。上までたどり着くとほっとして、ドアを開けた。「かわいそうに」ベッドに腰を下ろすと、ほろっとしてつぶやいた。「かわいそうに」誰のことを言っているのかもわからなくなり、目にいっぱい涙をためた。

（1917）

異邦人　Az idegen

当時はまだ、電話線やラジオの電波網が地球を覆ったり、飛行機がものの二、三日で世界をひとまたぎする時代ではなかった。どんな国も、どんな人も、それぞれの秘密というものを守り持つことができたのだ。今のようにあちこち旅をすることもなかった。旅も今より時間もかかるし金もかかった。一方、旅人は行く先々で旅券や書類を見せるよううるさく言われたり、ことあるごとに個人情報を記録されることもなかった。まだ放浪者や異邦人というたぐいが存在した時代だった。

その人はどこか北の国からやってきた。ノルウェー人でもスウェーデン人でもデンマーク人でもなかった。誰にもわからないことばを話し、それ以外のことばはできなかった。

小さなホテルに泊まっていたが、そこではスタッフと身振り手振りでやりとりしていた。昼と晩にはレストランでウェイターを手招きし、メニューを手に取ると、思いつくままに料理を指で示して注文した。そして料理が来るとうなずいた。すっかり満足しているようすだった。

ほかの客たちはその人を毎日のように見かけ、「誰だろう」と不思議に思うこともあった。けれど、誰もその疑問に答えられる者はいなかった。

その人にはこれといった注意を引く特徴がなく、あるとすれば、ただ誰も彼を知らないということだけだった。

五十歳くらいの物静かな穏やかな男で、控えめだがおどおどした様子ではなく、むしろ疲れたような、諦めたようなところがあった。

昼食や夕食を終えるとしばらくテーブルに坐ったまま煙草に火をつけ、吸い終わるまでのあいだ、ぼんやりと柔らかなまなざしで食事をする人々をながめるのだった。

「いったい誰なんだろう？」とホテルのウェイターたちや客室係の娘たちは訊ねあったが、誰一人知る者はなかった。

それでみな肩をすくめ、笑みを浮かべるのだった。

男は毎朝町に散歩に出かけた。一日も欠かさず、ゆっくりと慌てる様子もなく通りを歩いた。食事の席には一番についた。メニューの決めた箇所を指さしてうなずき、支払いをしてうなずき、立ち去ってまたうなずいた。それ以上のサービスを要求することもなかった。いたって慎ましやかであった。

こんな風に男は一ヶ月ちかくもホテルに滞在した。

ある日の午前――突然に――呼び鈴が鳴った。男はまだベッドに横になっていた。ドアを開けたウェイターに手ぶりで何か伝えようとした。心臓の辺りをひたすら指し続けた。ウェイターは医者を呼びに走った。

医者はあれこれと訊ねた。まずは国の言葉で、次にドイツ語、フランス語、それから英語といろんな外国語で。しかし男は理解できないようだった。たったひとこと、奇妙なことばを返しただけだったが、今度は医者のほうが理解できなかった。

そこで医者は心臓に手をやり、手首をつかんだ。両手の手首を同時につかみ、脈を探したが、もう見つからなかった。

男はこれまでと変わらないようすで穏やかに横たわっていた。

医者は必死になって、急いで、それこそ大慌てで鞄を開け、注射針を取り出し注射した。すっかり理解したのだ。今起こっていることは、これまで何度も経験したこと、世界中の、地球上のあらゆる場所で衝撃的なまでに同じことだと。

しばらく間を置いて、また注射した。

男は目を半ば閉じ、青白くなった顔を白い枕に沈めていた。

数分ののちその目は見開き、あごはがくっと落ちた。

医者は呼び鈴を鳴らした。

まずウェイター、それから支配人、そして廊下で知らせを聞きつけた心配そうな客室係の娘たちがなだれ込んできた。

みなでベッドを囲み、覗き込んだ。

若い者はおじいさんやおばあさんを思い出し、年を取った者は父や母や親せきの誰かを思った。今ここで起こっている出来事は、誰もが一度は経験したことだったのだ。

ようやくわかったのだ。今はもう、彼が誰なのか、みな知っていた。

自分と同じ人間であることを。同じようにこの世に生き、そして自分もやがて彼と同じようにこの世を去るであろうということを。

彼はもう異邦人ではなかった。兄弟だった。


（1930）

太っちょ判事　A kövér bíró

1

まぶしい昼下がり、鋭く意地悪な黄金の針みたいな太陽の光が大気中にゆらめいていた。小さな町は眠ったように静まり返っていた。家々は白く、窓はまるでじっと宙を睨む盲目の酔っ払いか狂人の目のように、目も眩むような日光を反射してぎらついていた。向こうには騎兵隊用の馬場があり、その軒先がやっとのことで小さな日陰を作り、たんぽぽの生えた芝生では、みつばちやあしなが蜂がだるそうに唸っていた。

僕たちは息を切らした。まるで熱い風呂から上がったみたいに体じゅうに汗をかき、手は震えていた。僕ら十歳から十二歳の少年数人は、体操服にゴム靴の格好で太っちょ判事を待ち伏せしていたのだ。この暑さのせいで僕らはいかれている。世界は黄色いめまいと化していた。

馬場の軒下で僕らは頭をくっつけ合って隠れ、こめかみが脈打つのをじっと聞いていた。いつも決まって正午の鐘が鳴ると、裁判所の冷え冷えとした入口から太っちょ判事の樽さながらのおなかが現れるのだ。

一人が大声を出す。

「太っちょ判事が来るぞ！」

僕らは馬場の門にぴったりと身を寄せる。静けさの中、心臓のどきどきいう音だけが聞こえる。しばらくしてアスファルトが地響きを立てる。もうすぐ太っちょ判事が通る合図だ。あともう少しだ。薄ぼけた色の夏服を着て、盛り上がったおなかには金の鎖が乗っかり、指には緑の大きな石の指輪をして、手には籐製の杖を持っている。

額からは汗が細い筋になって流れ落ちる。分厚いまぶたの奥のもぐらみたいに小さな目が、こちらを見てしばたいている。僕らはみな腹立たしくなりながらも、同時に怖くなって、のどが締めつけられて声が出ない。

やつが蒸気機関車みたいに十歩か二十歩ほど先まで通り過ぎ去ったところで、僕らはようやくはやし立てる。

誰かが土の塊を手に掴む。

「後ろから投げつけてやれ」ほかの子たちがけしかける。「あいつをやっつけろ」

土の塊は高い弧を描いて飛んでいき、空中で粉々に砕け散った。あばた顔が七面鳥のたまごみたいで、そのとおりのあだ名がついたトルダイが、パチンコをひっぱり出して、小石をひとつ投げつけて加勢する。

太っちょ判事は振り向く。

まぶしそうに眼をしばたかせ、またのっしりと歩き出す。僕らは笑いをかみ殺し、怒りに似た感情に駆られ、確認しあう。

「次にこっちに来たら、ただじゃすまさない。こいつを頭にぶち込むんだ」

一人がおもちゃのピストルを太陽にかざし、ぎらつかせる。僕らはみなヒヤッとするのだが、楽しかった。なんだか自分が強くなった気がするのだ。

2

僕らは醜いものが大嫌いだった。病的に膨らんだ太った人間が憎かった。その憎しみは子どもにしか分からないだろう。

こんなに醜い人間を僕らは見たことがなかった。足がやっとのことでおなかを支え、胴体は派手に盛り上がった脂肪の中に埋もれ、そこから禿げ頭だけが突き出ていた。まるで今にも爆発しそうな脂肪の球体みたいだった。顔の真ん中にはひしゃげて上を向いた鼻がぽつんとついていて、まるでこんな有り様に作った自然の摂理を恨んでいるようだった。

僕らは同情心も持たなかった。太っちょ判事のことを、まるでヒキガエルを憎むように憎んでいた。異質なものが何でも憎悪の的になるように、彼を憎んだのだった。

3

ある午後、僕らはなぜ太っちょ判事があんなに太ったのかについて議論していた。

「太っちょ判事はね」パリは言った。「牡牛を食っているのさ。昼ご飯はいつも牡牛をまる一頭。母さんが串に刺して焼いてくれるんだ」

「母さんがいるのかい？」僕らはたずねた。仲間のあいだに信じられないといった声が上がった。

「もちろんいるさ」パリはきっぱり言った。「消防通りに一緒に住んでいるよ。僕、知ってるんだ。見たかったら、すぐにでも連れて行ってやるよ」

僕らはおかしな冒険に出発した。盗賊の物語では、勇ましく気高い勇者は敵の巣に押し入ってやっつける。僕らもそうしようと考えて、緑色の雨戸のある静かな家に近づいて行った。

僕らはパリを偵察に行かせた。

しばらくして、パリがおかしそうに笑いながら出てきた。

「みんな来いよ」

4

僕らはまずひんやりしたテラスを横切った。中庭との仕切りにきれいな色のガラス扉があった。

中庭にはトネリコの木やジャスミンの茂みが生え、ブランコのそばのベンチには痩せた悲しげなおばさんが腰掛け、編み物をしていた。

僕らはまだ喉からこみあげそうな笑いをこらえていたのだが、おばさんは僕らの頭を順に撫でたので、僕らは母さんにするように、おばさんの手にキスをした。おばさんは黄色い輪の模様の深皿にりんごや梨を入れて持ってきてくれ、パリをブランコに乗せてくれた。

おばさんは、このブランコはかつて息子のもので、学校に行っていた頃、ブランコが大好きだったのよと話してきかせた。他にもいろんな話をしてくれた。息子が同級生に置いてきぼりにされると心配してずっと待ったこと、いたずらっ子で秋の夜長に退屈すると、歌を歌ったり踊ったりしたこと。それはもうすばしっこくて、おりこうで、踊りといったらまあ。鳥を捕まえるのも誰よりも得意だったのよ。

「そうなの」と繰り返し言った。「うちの息子も小鳥を捕まえたりしたのよ」そしてため息をついた。「時間は過ぎてしまうものなの」

じっと一点を見つめていた。僕らはそんなおばさんをじっと見ていた。太っちょ判事を家でからかってやろうと思って来たはずだったが、そんな気分はまるで大雨が降って流されてしまったように、僕らは灼熱の暑さに凍える気分がした。

「ねえ、もっと話して聞かせてください」パリは釘付けになっていた。おばさんは顔を上げた。

「あらまあ」おばさんは言った。「シャツが汚れているわ。こんな恰好じゃだめよ」

部屋に入ると箱をひとつ取り出してきた。中には服が入っていた。小さな靴にズボン、小さなコートもあった。体操服もあった。

「これはみんな息子のものだったのよ」おばさんは言った。「この小さなシャツもね。ほら、あんたにちょうどいい」

「これも?」とトルダイは言って、緑色の虫取り網を取り上げた。

僕らはみな驚いた。ここに来た時、のどに押し殺していたくすくす笑いが、今はもうくすぐったくて鼻につんと来るような戸惑いとなり、僕らは切なくなって顔をしかめた。

僕らはその虫取り網を順番に手に取ってながめた。

5

僕らは木陰に立っていた。

ブランコに乗る子もいたし、奇声を上げたり、草の上でとんぼ返りをしたりする子もいた。けれども楽しくなかった。

この日の夕ぐれ時、何かが僕らの喉を締め付けていた。それはまるで、初めて眠れない夜を過ごし、他人の痛みが自分の痛みとなり、その人以上に痛みが分かった時のようだった。これまで知らなかった憐れみという名の妖精が僕らのもとへ舞い降りて、突然僕らの頭上に光を放ち出したかのように。太っちょ判事もかつて子どもだった。僕らみたいに。小鳥を捕まえて、ブランコに乗って、そして蝶々を追いかけたのだ。

これらのことを思った時、僕らはもはや子どもではなかった。顔の表情は大人びて、目には人生のあらゆる秘め事がみな宿っていた。僕らは並んで、言葉も交わさず立ちつくした。

歌を歌い始めたが、なんとなく気が咎めてやめてしまった。黒い虫が僕らの帽子にぶつかってきた。蒸すような草のにおいに頭がくらくらした。

6

僕は壁にもたれて目を閉じた。青い草原が見えた。ひとりの元気な子どもが帽子もかぶらず飛び跳ねていた。緑色の虫取り網を手に、逃げようと飛び回る白い蝶々を追いかけていた。

僕らは恥ずかしくなって、そっと道に出て歩き始めた。

7

蒸し暑く真っ暗な夜だった。

角を曲がって大きな足音を立てながら、太っちょ判事が帰ってきた。

「こんばんは」僕らは礼儀正しく帽子をとってあいさつした。

「こんばんは」太っちょ判事も言った。兄弟みたいだった。彼も麦わら帽子をとった。

その夜、子供部屋のベッドで僕は長い間寝つけなかった。ようやく眠りにつくと、夢を見た。太っちょ判事が青いリボンのついたおくるみに巻かれて泣いていて、僕の方をじっと見ていた。まるで大きな大きな、丸々とした赤ちゃんみたいに……


（1908）

鍵　A kulcs

十歳の少年が門衛に近寄ってきた。

「あの、課税部はどこでしょうか？」

「三階の578番だよ」

「ありがとうございます」少年は言った。

とてつもなく大きな建物に向かって歩いていった。がらんとした廊下、いかめしくカビ臭い天井が、未知の世界のように彼の前に立ちはだかった。階段を二段飛ばしで駆け上がり、三階にたどりついた。

ここまで来ると辺りをうろうろした。578番のドアが見つからなかったのだ。番号は411番まで順に並んでいたが、そこで止まっていた。廊下を端から端まで何度調べてみても、578番のドアはどこにも見当たらない。

しばらく迷っていると、体格のよい白髪交じりの年寄りが脇の下に書類を抱えてこちらに向かってきた。

少年は礼儀正しく帽子を脱いだ。

「こんにちは、サースおじさん。覚えてますか？　タカーチ・ピシュタです」

「ピシュタだって？」老人は感心した。「いやあ大きくなったなあ、ピシュタ。いったいこんなところでどうしたんだね、ピシュタ？」

「父さんを探してるんです」

「待ちなさい」老人は言った。「すぐ連れて行ってあげよう」

老人はゆっくりとゾウのような重い足取りで歩きだした。少年は帽子を脱いだまま後に続き、横から興味深げに覗いた。サースおじさんは考え事にふけりながらゆっくりと歩いていた。それ以上は一言も口を開かなかった。

411番のドアまで来て開けると、事務所を横切った。事務員たちが背の高い机の前に立って書きものをしていた。それからまたひとつドアを開け、古びた木の階段をよろよろと三段降り、木でできた薄暗い電気のついた渡り廊下に出た。旧館と新館をつなぐ渡り廊下だった。長い廊下は埃っぽく、足音が響いた。まるで世界の果てまで続くかと思うほど長いあいだ進んでいったと思うと、また古い階段を三段上がり、今度は前より狭いが清潔で明るい廊下に出た。その一番奥にあるドアを指で示した。ドアの上には576、577、578の数字が並んでいた。

「ここだよ」とおじさんは言った。「じゃあな」

ピシュタは、もの静かだけれど親切に案内してくれたおじさんが、いま来た果てしなく長い道をまたゾウの足取りでゆっくりと戻っていくのを、その姿が目の前から消えるまで見送った。それから、開いている窓から中の様子をさぐった。長靴下はずり下がり、短ズボンから足が剥き出ていた。靴下を引っ張り上げ、ズボンを下へ引っ張った。靴下にはしみができて、穴もひとつ開いていた。靴はほこりをかぶっていたので、ハンカチで磨いた。

ここに来たのははじめてだった。役所の話はたくさん聞いていた。父さんは口を開ければいつも「役所……役所……役所ではね」と言っていた。母さんもそうだ。「父さんは大変なのよ。役所で……役所から……役所のために」などなど。役所は彼にとってまるで何か謎に包まれ、いつもそこにあって、おごそかでいかめしく、光かがやいて近寄りがたい現実だった。でもこの目で見るのはこれが初めてだ。どんな口実を思いついても、ここには来させてもらえなかった。なんとかして行ってみようとしたが、父さんはうるさがった。父さんが言うには、「子どもが来るところじゃない」し、「子どもが来るところじゃないところには来るもんじゃない」ということだった。父さん相手には冗談だって通じないのだ。

どきどきしながら576番、577番、578番のドアを開けた。

ひとつの部屋の中に大勢の人が押し合いへしあいしていた。待っている人の群れ。その奥の木の柵の向こうでは、事務員たちが囚人みたいに閉じ込められ、うごめいていた。ピシュタは首を伸ばしてみた。右手に小部屋があって、ドアが開いたままになっている。そこに入っていった。

「タカーチ・イシュトヴァーンさんはいますか？」とちょうど間食をしていた若い男に訊ねた。

「左だよ」若い男は少年の方を見向きもせずに言うと、ソーセージにかぶりついた。

ピシュタは部屋の群衆にもまれながら、今度は左手の部屋に向かった。左の部屋も右の部屋と何から何までそっくりだった。

こちらには大きな事務机が見えた。父さんではなく、禿げ頭の男が坐っていた。しかしすぐに父さんの後頭部が見えた。白髪まじりの金髪、がっしりした首筋だ。父さんはこちらに背を向けて坐っていた。隅っこで、壁ぎわの小さな机だった。

つま先立ちでそっと近づいて行った。事務机に積み上げられた本のせいで、それ以上近づくのは無理だ。大きくおじぎをしてみる。父さんは気づかない。気まずくなって、咳をしてみた。

「父さん。ぼくだよ」

「どうしたんだ?」タカーチは訊ねた。

「母さんのおつかい」

「なんで?」

「鍵を取りに来たの」

「何の鍵だ?」

「食糧倉庫の鍵。父さんが間違えて持ってきたんじゃないかって」

「邪魔ばかりするんだな」タカーチは怒って立ちあがった。

ポケットの中を探った。煙草入れ、紙に包んだバターを塗ったパン、眼鏡入れ、それにノートとハンカチを取り出して、机の上にぞんざいに放り投げた。

「ないよ」いらいらしながら言った。「ない。家で探しなさい」

ピシュタは目を伏せがちに机を見た。小さくてわびしくてみすぼらしかった。もっと大きいのを想像していた。少なくともあっちの、禿げ頭が坐っている机くらいの大きさだと思っていた。

タカーチは次々とポケットをひっくり返した。そうしながら怒りを鎮めようとして、息子に説教を始めた。

「よくここへ来たもんだな。みんな忙しいんだ。それに汚いじゃないか。体も洗ってないな。その靴。靴下も。浮浪者みたいだ。恥ずかしいと思わないのか？」

「息子さんかい？」禿げ頭が訊ねた。

「そうなんです」と景気の悪い声で答えた。「しょうのないやつで。うろついてばかりで。ボールを蹴ることしか頭になくて、本なんかまったく」

「でも、いま学校は休みだろう」禿げ頭が言った。「それとも落第したか？」

「寸前ですよ」とタカーチはため息をついてみせた。

とその時、ズボンのポケットから食糧倉庫の鍵が床に落ちた。

「あった」タカーチが言った。

ピシュタはすぐさま鍵に飛びつき、取り上げると、出て行こうとした。

その時、外で何人かが同時に大声で呼んだ。

「おい、タカーチ」

まるで火事場のような騒ぎになった。ドアのところに大勢が集まっていた。その中にようやく騒ぎの中心人物の、すばしっこそうでちっぽけな男の姿が見えた。

タカーチはちょうどひっくり返したポケットを順に戻していたが、床に頭をこするほど深くおじぎをした。

「何なりと仰せつけ下さい」

小男はいらいらしたようすで、青色の鉛筆でいくつか数字が書いてある紙を突き出した。

「タカーチ。今すぐ台帳からこれを出してくれ」と指示した。

「は、ただいま」とタカーチは答えると、帽子もかぶらず走っていった。

部屋は静かになった。近衛兵のように上司に付き添っていた集団は解散した。みな熱心に仕事にとりかかった。

上司はタカーチが台帳から書類を出してくるのを待っているあいだ、靴をキュッキュッと軋ませながら熊のように歩いていた。暇つぶしに壁の絵を眺め、棚から本を一冊取り上げて開いたと思うと、大きな音を立ててまた元の場所に放り戻した。ここでは自分が主人だといわんばかりだった。

ピシュタはまだそこにいた。上司が来て人が群がったために、外に出られなくなったのだ。しばらく机にへばりついていたあと、本の山に腰をかけて足をぶらぶらし始めた。

上司のようすを観察した。

この小男はまるで珍しい種類の鳥みたいだった。いそがしく動く鼻には、かけ眼鏡が光っていた。頭は小さく真ん中分けで、白髪がまじって薄くなっていた。両手をもみながら、まるで紙やすりでなにかをこすったような、冷たく不快な金切り声を出した。

禿げ頭の机の前で立ち止まって訊ねたのだった。

「この子はなんだ？」

「タカーチの息子ですよ」と禿げ頭が言った。

上司は黙ってまた熊歩きを続けた。ピシュタの前に来ると声をかけた。

「名前は？」

「タカーチ・イシュトヴァーン」*ピシュタは堂々とよく通る声で言うと、本の山から飛び降りて、ぴんと背すじを伸ばした。

「何年生かね？」

「中学校の二年です」

「成績はどうだ？」

「そんなりっぱじゃないけど」

「どういうことかな？」

「落第点がひとつあるんです」

「何の教科かね？」

「ラテン語です」

「他は？」

＊　ハンガリーでは伝統的に長男に父親の名をつけることがある。

「優です。でも可もひとつあるんだ。算数」

「将来は何になりたいのかな？」

「まだ分かりません」ピシュタは少し考えて言うと、ちょっと遠慮がちに肩をすくめた。

「でも何かあるだろう？」

「パイロットです」

「パイロット？」上司は大きな声で驚いたように言った。「なんでまたパイロットかね？」

ピシュタがこの重大な難問に答えようとしたその時、父さんが息を切らして戻ってきた。蒼ざめた額には汗が流れていた。ひもで綴じたファイルをいくつか上司に差し出して言った。

「お待たせいたしました」

「ご苦労」と上司は言ったが、彼の方には目もくれず、この頬を紅潮させた気概ある少年の方を見ていた。「息子さんと話をしていたんだよ」と笑みを浮かべてタカーチに言った。

「なかなか賢いいい子だね。勉強もできるようだし」

「ええ、おかげさまで」とタカーチはあわてて言った。「なかなか頑張り屋でしてね」と彼の方をちらっと見た。「さあいい子だ、母さんが待っているから早く帰りなさい」こう言うと、息子を抱きしめキスをした。「じゃあね、ピシュタ君」

ピシュタは耳まで真っ赤になった。父親におじぎをして、それからみんなにおじぎをした。

そしてあの長い道をたどって新館を出て、薄暗い渡り廊下を通り、曲がりくねった廊下や階段を戻って行った。「ピシュタ君」そのことばが頭をよぎった。なんでそんな呼び方をしたんだろう？　家では絶対そんな風に呼ばないのに。それからあれこれと考えをめぐらせた。父さんの机は壁ぎわだった。一番奥の隅っこだ。ずいぶん小さかったな。体はあの上司より大きいのに。少なくとも頭ひとつ分は大きいのに。

いろんな思いが絡まり合った。顔と耳が真っ赤にほてっていた。汗のにじむ手で鍵を握り締めた。嬉しいような困ったような、落ち着かない、おそろしいような気持ちだった。ため息の橋のようながらんとした足音が鳴り響く渡り廊下を通り、扉をいくつも開けたり閉めたりしているあいだに道に迷ってしまった。広い正面階段に出るまで十五分はかかっただろう。やっとのことで、燃えるような夏の日差しの中に、正門と門衛の金の縁飾りのついた帽子が見えた。

門衛が呼びとめた。

「おい、ぼく。どうした？　泣いているのか？　誰にいじめられたんだ？」と訊いた。

「べつに」と鼻をすすると、少年は急いで表通りに駆け出した。

曲がり角まで来ると、涙にぬれた頬をぬぐった。それから手に鍵を握りしめて走った。家に着くまでただひたすら走り続けた。

（1932）

結婚披露宴　Menyegző

「母さん、ねえ……」

（……なあに？　おりこうさん）

「お話して」

（……何のお話？）

「何でもいいよ。もう一年、ううん、二年も寝たきりだもの。退屈しちゃう。ねえ早く。夜になってしまうよ。そしたら熱が上がって、母さんは床から浮いてうんと大きく羽を広げて暖炉の上に飛んでいっちゃうよ。結婚式の話をして。母さんの結婚式。もう何度も話してくれた、大きなりっぱなあの結婚式のお話をして」

（……どこから話そうかしら？）

「夜明けのところから。目が覚めてライラックの茂みに笑いかけたところから。目を開けて冷たい水でお顔を洗ったところから。ねえ、とてもいい天気だったんでしょ?」

(……それはすばらしい天気だったわ。イースターの日曜日に明るい陽射し、満開の花。窓から手を差し伸べると、黄金の陽の光を浴びて一日じゅう手がつるりと輝くの)

「早起きしたんだよね」

(……光のシャワーを浴びて髪をとかすと、蝶の妖精たちが髪に舞い寄ってきた。鏡を覗いて高らかに笑った。巻き髪を作って高く盛った)

「……母さんの写真を見たよ。銀の縁飾りの。まるで鏡の中の小鳩みたい。あそこに写っている白銀の絹のドレスを着ていたの?」

(……そうよ、それをあなたのおくるみに縫い直したのよ)

「結婚式のお客さんはたくさんいたの?」

(……お客さんは九十九人来たわ。一週間も前に着いた。おばあさんは庭にお客さんを泊まれるだけ泊めた。入りきれなかったお客さんたちは町じゅうのホテルをすっかり占領してしまった。家じゅうがすっかりひっくりかえったわ。七人のコックが昼も夜も料理した。国じゅうあらゆるところから、外国からも親戚や知人がやって来て、喜びに涙を流した。私の結婚を喜んで、親戚はみな揃ってその青い目を部屋の薄暗がりの中で潤ませ、イワイノキのブーケを私がうっとりと手に取るのを見ていたわ。私の青い目はといったら、ブルーダイヤ

モンドのように輝いていた）

「どんなお客さんがいたの？」

（……それはたくさん。司教さまは紫の祭服に、賢者らしい灰色の目には金縁眼鏡。天蓋付きのベッドのある客間にお泊まりになって、絹の掛布団とレースの枕をお使いになった。北からやって来た親戚たちはひどく大きなトランクを引きずって埃まみれ、長旅にすっかり疲れ果てていた。お金持ちの親戚たちは上機嫌でいばってた。南から来た親戚は一週間も前に隣村から到着して、北の親戚を妬んでいた。いったいどのくらいいたかしら。弁護士さんにお医者さま、役人、軍人、裾まで引きずった白いドレスに手には花を持ったたくさんのフラワーガールたち、お偉いさんもたくさんいて、晩餐の後には女中たちに立派なご祝儀を渡していたわ）

「晩餐はどこだったの？」

（……中庭よ。おまえも知ってるウルシの木のそばにテントを張って、白いテーブルを馬蹄形に並べたの。ケーキとお花がいっぱいに盛られて、今にも崩れそうなくらい。町のお巡りさんたちは白い飾り紐をあしらった正装をして、温めたお皿を運んだ。あの晩おばあさんがこしらえたご自慢の肉料理と揚げパンは天下一品だった）

「席順は？」

（私はお父さんの横に坐った。お父さんはとても青い顔をしていた。私は顔や手や耳が火照って、ベールで扇いだわ。首だけが氷のように冷たかった。横には仲人、そして司祭さまが微笑みを浮かべていた。下座には長い花輪を飾った娘たちと、その横には若者たちがダンスの準備をしていた。親戚の一人がおもしろおかしい挨拶をして、大きな咳払いをした。おまえの叔父さんは今は禿げておまえもよく笑っているけど、カールした髪の房をなでつけて娘たちを口説いていた。おまえのおじいさんはまだ二人とも生きていた）

「その晩のことは僕もよく知ってるよ」

（……ええ、そうね。ジプシーたちは馬車二台で隣町からやってきて、とびきりの音楽を奏でたわ。バイオリン弾きは涙で顔を濡らした。古い昔の流行歌を演奏して、それを聴いたお年寄りたちは若い頃を思い出した。過ぎし日に憧れた若い娘たちは今その横で年を取り、白髪に頬かむりをしてしわくちゃの小さな口をすぼめながら聴き入った。男たちはワインに酔い、女たちは涙に酔った。なぜかしら、みんなちょっと悲しげだった。隣の庭のオリーブの木が胸に染み入る香りを漂わせていた）

「母さん、僕にはそのオリーブの香りもわかるよ」

（……まあ待って。みんな話してあげるから）

「ううん、今度は僕が続きを話すよ。だってもう何度も話してくれたから、僕そらで言えるし思い出せるよ。僕にはわかるんだ、七時にテントに坐ったよね。まだずいぶん明るかった。女中たちは忙しそうに動き回っていた。家じゅうが大騒ぎだ。部屋はみんなお客さん用に整えてあるのが、覆いを通して見えるよ。普段はちゃんと整理された廊下には家具が所狭しと運び出されて、なにか薄暗い祭壇のようだった。母さんは泣いていたよね。自分でもなぜかわからないまま。これまでの人生や娘時代のことを思い出して、この部屋にはもう二度と足を踏み入れることもないと思って、心が締め付けられたんだ。窓辺で声を押し殺して泣いていたよね」

（……なぜわかるの？　おまえったら）

「わかるよ、それは。部屋のドアを抱きしめたよね、テントに行く前に。すごく悲しそうだった」

（……おまえ、何を言うの？）

「香りのよいバラを髪に挿した」

（……萎れたバラ）

「花嫁のブーケもバラだった。白い包み紙と絹のリボンも覚えてる。そっと撫でていたよね」

（……その話はしたことがないわ）

「テーブルに就くと、ろうそくの冷たい炎に寒気がした。お客さんを順に見回していると、ある若い男の人に目が留まった」

（……誰？）

「知らない若い人」

（……覚えてないわ）

「でも僕は覚えているよ。知らない若い人が上座の左手、二人の親戚の間に坐ってた。目の醒めるような白いシャツに黒い喪服を着て、さっぱりと小綺麗だった。母さんの知らない人。でも目が合った。それから母さんは父さんの方を向いた。父さんは一瞬そっちを見て、とても怖くて震えて、慌てて目を伏せたんだ。父さんも知らない人。よそ者だと思ったよね。誰も知らなかった」

（……そう、その通りよ）

「でももうその人のことをすっかり好きになっていた」

（……遠い親戚と思ったわ。それかお祭り騒ぎを聞きつけて紛れ込んだ さすらい人）

「誰にも話しかけなかった」

（……ええ、覚えている。何も食べていなかった）

「夜中過ぎにコーヒーを一口飲んだだけ」

（……それもとても厳かに。まるで神父が祭壇でキリストの血であるワインを飲むときのように）

「若い男の人はまるで聖人のようだった。夜中に幾度も席を外し、木々のかぐわしい香りの下で星を眺めていた。遥か東方の空に輝く明けの明星をじっと見つめていた」

（……戻って来た時、礼服には金が散りばめられていた。その顔は幾多の星に包まれていた）

「服には星が一つ輝いていたよ、母さん」

（……きちんと身なりを整えていた。シャツの胸元にパンくず一つ、ワインのしみ一つ落とさなかった）

「その胸の内にも誰一人近よせず、ジプシーの音楽にも耳をふさいだ。違う歌を聴いていたんだ」

（……朝方にはだんだんはっきり見えたわ）

「朝方母さんの方にそっと近寄った。その人は中庭で母さんの足元に、砂に残ったその靴のあとにキスをした」

（……翌日もテーブルに坐っていた）

「坐って客たちを静かに眺めていた。昼には燃え尽きたろうそくのそばで、みんないびきをかいていた。泣き笑う人々の顔には大粒の涙、ジプシー音楽家たちの手には札束、グラスには飲み残したワイン、煙草の灰で焦げたしわくちゃのテーブルクロスは、まるで神聖さを穢された祭壇のクロスのよう。結婚式は三日続いて、その人は三日のあいだそこにいた」

(……三日目の夜明けに去っていった)

「ちがうよ、母さん、そばにいたよ。覚えているでしょう、サンルームを通っていった時、あの朝ソファに深く腰を下ろしていた。すっかり疲れて沈んでいた」

(……窓は明るく輝いていた)

「その人は母さんたちを玄関で待っていた」

(……窓に肘をついて、私と父さんは星を眺めていたの)

「その人は母さんの未来で、今は母さんの過去が見える。じっと宙を見つめて、寝ているのかと思ったけど寝てなかった。ただ母さんのために祈っていた。その熱い祈りは母さんの頭の飾りリボンを燃えはためかせ、母さんの足元の芝生は緑に煙立ち、ヒナゲシの花は赤い電球のようにちかちかと光っていた。

(……〝ひどく顔色が悪い〟とお父さんは言って若い人を指さしたわ)

「その人はそこから動かなかった」

(……〝ずいぶん泣いているわ〟と私はそっと言って、父さんの髪をなでた)

「そして二人ははじめてくちづけをした。その時はっきりと見えたね、僕のことが。そう、母さん、怖がらないで僕の目を見て。僕だったんだ。母さんのすてきな、それは夢のような結婚式にいた知らない若い男の人は。テーブルの左の隅、母さんの心臓の左側にいて泣いていたんだ、喜んでいたんだ、祈りを捧げていたんだ、この病気の心で歌っていたんだ」

（…おまえったら、いったい何を言っているの？　また熱が出たのね。さあもう横になりなさい。続きは明日にしましょう。お医者様が熱さましを飲みなさいとおっしゃったわ）

（1911）

古い桃の木　Öreg barackfa

秋になって、ボルベーイ夫人は家の改装を依頼した。部屋を順番に塗り直し、クリーニングしてもらったが、それでもまだ客間が薄暗いことが気になった。中庭に立っている古い桃の木が窓を覆っていたのだ。しばらく考えると、近所から日雇い夫を呼んできて言った。

「あれを切ってちょうだい」

日雇い夫ははしごを木に立てかけ、ゆっくりと切り始めた。最初に梢の部分を切った。太い枝は次々と大きな音を立てて落ち、小さい枝が落ちる時は、葉っぱが奇妙なため息をつくようだった。

その時、ボルベーイの旦那が帰ってきた。

「おい、何をしてるんだ？」

「切ってもらっているのよ」

「どうしてまた？」

「だって光が入らないから。ほらね、もう明るいわ」

「もったいないと思わないのか？」

「だってもうずいぶん古い木だわ」

「何歳だ？」

「二十年にはなるでしょう」

「桃の木ってのは、どのくらい寿命があるんだい？」

「さあ、知らないわ」

ボルベーイの旦那は書斎に行って、百科事典を持ってきた。声を出して読み上げた。

「〝桃。アンズ。学名プルヌス・アルメニアカ。寿命は平均三十年〟か。つまりのところ」

と考え込んで言った。「ちょうど俺が切られているようなもんだな」

「馬鹿なこと言わないでちょうだい」

「だってそうだろう。俺はちょうど四十だ。まずは頭、次に両腕、それから両足、ってわけだ」

「もう実もほとんどつけなかったわ」

「でも花は咲いたぞ」

「アンズは食べられたものじゃなかったわ。小ぶりで、ずいぶん酸っぱかった」

「それでも毎年必ず実をつけたよ。かわいそうだな。こいつのせいじゃないってのに。一所懸命がんばってたのに。それで、こいつは切られて何も感じてないと思うのか？」

「感じてるかもしれないわね」

「インドの学者が樹木の中枢神経を発見したっていうよ。木は話もできるって。信号を送るのさ。ただ僕ら人間が理解できないだけさ……」


二人は揃って中庭に出た。

日雇い夫はちょうど幹を持ち上げようとしていた。大きな枝や小枝が、まだ青々とした葉をつけたまま地面にころがっていた。九月の風に揺られて、ささやくような音を立てていた。

「まだ生きているみたいだわ」

「死人の髪だな」夫はつぶやいた。


桃の木がすっかり細かく切り刻まれ、冬の燃料用として地下室に運び込まれると、二人は客間に戻った。

「すっかり明るくなったわ」夫人が言った。「ねえ？」

「そうだね」

「比べものにならないわ。そうじゃない？　夕方の七時にこんなに明るかったかしら？」

「いいや」

「ベジ」と夫人は女中を呼んだ。「ねえ、明るくなったでしょう？」

「ええ、それはもう、奥様」

「冬はなおさらそうよ。冬になったらきっとほんとに実感するわ」

夫と妻は窓際に腰を下ろした。古い桃の木が立っていた場所をじっと見つめた。そこはもう、掘り返したばかりの土が小さく盛り上がっているだけだった。二人は長い間黙っていた。

「ねえ」とまた妻が口を開いた。「明るくなったと思わない？」

「ああ、ほんとうだね」夫は答えて言った。「ずっと明るいね」

そして、それ以上たがいに口を利かなかった。

二人とも、前よりずっとずっと暗くなったと感じていた。


（1926）

ふたたび子どもたちのもとへ　Vissza a gyermekekhez

1

「続けて」

「はい次！」

次の瞬間には歌うように弾ける子どもの声が響いた。時折つかえながらも、波打つようなリズムに乗って朗読は続いた。

先生は教壇に坐っていた。なま暖かい春の午後、気温のせいで彼は頭が痛くなってきた。大きな黒い瞳はぎらりと輝き、昼下がりの眠たげなまぶしさに目を凝らしても、白壁に反射する光の中にぼんやりとちらつく斑点が見えるだけだった。

時折気だるそうに、興味なさげに指示を出した。

「次、続けて！」

先生は何度もあくびをした。飽き飽きしていた。彼自身もまだ子どもで、あごひげと口ひげもようやく生え始めたところだった。せいぜい二十歳かそこらだったろう。

窓は開いていた。村全体が黄色い光の中でだらりと手足を伸ばし、居眠りしながら日向ぼっこをしていた。じりじりとした暑さの中で春が喜びにあふれ、地獄のように燃えていた。学校の脇にある溝のなまぬるくなった水たまりでは、黄色い綿のような羽毛を生やしたがちょうのひなたちがよちよち歩きで水をはね、野原からは小さなガアガア声やごそごそ動く音が聞こえてきた。さまざまな色彩と音が溶け合って、すばらしいシンフォニーを奏でていた。物干し竿には青や赤や白い服。緑の草原には黄色いサンザシの花。桃の木は純白の花びらをまとい、その姿はまるで生け贄に捧げられようとする蒼ざめた乙女たちのようだった。

「次、ヴィラーグ君！」先生は不機嫌に言うと、疲れて力なく教室を見まわした。まるであらゆるものが退屈しているように見えた。

古びたたんす、緑の机、赤い線の引かれた黒板、壁に立てかけられたそろばん。すべてが教室じゅうに倦怠感を充満させていた。時計までがまるで眠そうにゆっくりと時を刻んでいた。

村の鐘が鳴った。

先生は夢から覚めて自分のいる場所に今やっと気がついたように、毅然と頭をもたげた。

歯をぐっと食いしばり、ぎらぎらと光る眼でじっと遠くを見た。

チャイムが鳴った。授業は終わった。子どもたちは思い思いに帰っていった。しかし彼は薄暗くなっていく教室にただ一人残り、眉間を寄せて物思いにふけっていた。

2

彼は運命に抗っていた。自分の人生が平凡な田園小説のように薄っぺらくなり、父や祖父、そして曽祖父と同じ運命を歩むのかと思うと、ぞっとするのだった。彼らはみなこの緑色のベランダのある白い田舎家で、善良なプロテスタント教会の牧師として生き、そして死んでいったのだった。

彼は何か大きなことをしたかった。

挑むように厚い胸を張り、強靭な筋肉と沸き立つ血が脈打つのを感じる時、彼は自分に不可能はないと確信するのだった。そして鼻を膨らませ、元気な若者らしく、さわやかな空気を肺に大きく吸い込むのだった。

ある蒸し暑い嵐の晩、ふと若い頃に書いた戯曲や恰好ばかりの素人くさい舞台、金具で組み立てたテント張りの芝居小屋のことを思いだした。最初は恥ずかしかったが、やがて自虐めいた笑みを浮かべて、埃をかぶった昔のノートを読んでみた。だが次第にのめり込んでいった。顔には赤みが差した。声に出して朗読してみると、よく通る声が遠くまで響いた。葬り去っていた野望がまた目を覚ましたのだ。成功と陶酔、熱い喝采の夜を夢想した。

そしてある日の朝、子どもたちは小さな黄色い長椅子に並んで待っていたが、先生はついに現れなかった。若い教師はパリに行って学問に打ち込んでいるらしいと、村の隅々まで噂が流れた。

新しい世界にはなかなか馴染めなかった。黒い大理石のテーブルや熱気と煙草にぼんやりと煙る鏡のあいだをためらいがちにうろついて、頼りない影のように不器用にさまよった。ひたすら読書と勉強に没頭した。食費を切り詰めて劇場通いをした。情け容赦ない人生に向き合い、懸命に闘った。時には心が折れそうになって、故郷を想って涙した。しかし、そんな時は氷のような皮肉を浮かべて自分をあざ笑った。

一年後に彼は国へ帰り、俳優になった。すぐに名が知られるようになった。数年すると、新聞には賞讃のことばが並んだ。輝かしい大成功を収めたのだ。

人生の幸福のかわりに芸術家らしい華やかな生活で満足する術を、少しずつ身に着けていった。カフェ通いをして、夜ふかしした。ボヘミアンの生活に憧れたのだ。それでいて、心の奥底にはいつも未熟な幼さが残っていた。寂しい秋の夜長には、人生を偽り真の人生を生きていない人々の行く末について考えにふけった。きつねのいる川べりや暮れなずむ島々の風景を思い出した。そこに夜の霧が降りるようすや、水底の小石とそこに群がるとりどりの虫たちまでが目に見えるようだった。なだらかな草原には黄色い腹のみつばちがぶんぶん飛び回り、静かな午後にはひなぎくの咲く草むらにのんびり寝転んで小説を読んだことが懐かしく思い出された。

名声の頂点に立ちながら、彼は自分がボヘミアンに生まれついていないのではと、ふと疑問を感じた。ブラックコーヒーのカップが彼の手にはまるでなじまなかった。

何年ものあいだ、彼はこの思いに苦しみ続けた。自分ではっきりと認めたわけではなかったが、それゆえもっとつらいのだった。先祖たちの呪いが彼にのしかかっているかのように感じた。穏やかに暮らしてきたプロテスタントの牧師であった先祖たちの運命。それがしきりに彼を未知の光の中へ誘い込もうとしていた。

過去に抗うことはできなかった。煙草の煙に胸が悪くなった。草原の香しいにおいが恋しかった。静かな村で緑色の陶器のマグカップに入った新鮮な冷たいヨーグルトを飲みたいと思った。

ある夜、彼はカフェに坐り、地方新聞を読んでいた。故郷の村で年配の教師が死んだと知った。ある考えが脳裏をよぎった。顔から血の気が引いた。葛藤していたのだ。そして、熱烈な拍手喝采を浴びたある日の夜、誰にも気づかれず故郷の村に発った。

3

雪の積もった冬の月夜だった。蒸気機関車がゆっくりと小さな駅に到着した。彼は急いで列車を降りた。二十年ぶりだった。ひっそりと寝静まった白壁の家並みの通りを、静かに踏みしめるように歩いた。荷物は自分の手で運んだ。学校をその目で見た時、熱い涙がじわりと溢れて流れ落ちた。すべてが昔のままだった。学校も、教会も、朽ちた教会の鐘の柱も、そして彼自身も！あのかつての若い教師をふたたび目の前にして、村人たちは信じられない様子だった。ひげをきれいに剃った彼は、二十年という長い歳月が経ってもこれっぽっちも年を取っていなかった。

彼もまた、新鮮な驚きを感じながら白壁の学校に足を踏み入れた。二十年前と同じ顔つき、同じように元気いっぱいの子どもたち、かつてと同じ生活、同じ活気が満ちていた。出席簿にゼルディ、ヴィラーグ、コヴァーチなど、素朴なハンガリー風の名字をせっせと書き込んでいった。そして外国で孤独に苦しみ続けた日々を思った。人生が単調に、幸福に過ぎていくこと、世代が受け継がれていくこと、昔の出来事が今へと連なっていることを実感した。

教え子たちは、生き生きした表情で目を輝かせた先生が大好きになった。ほれぼれするような声で朗読し、ご機嫌の時には遠い華やかな都会の夢のようなおとぎ話を聞かせてくれた。彼はふたたび昔の時計や黒板やそろばんに囲まれていた。

雪の降りしきる冬の午後だった。どっしりとした大きな暖炉がやわらかなぬくもりで部屋を満たし、ぱちぱちと静かに燃えていた。暖炉の柵には虹色の春めいた光が反射して、百合の花のような子どもたちの白い頬を照らしていた。

先生は骨ばったこぶしを静かに机の上に置いて話していた。堂々と背筋を伸ばして立っていた。その姿はまるで人生に奉仕する指揮官のように、幾世代という人々を相手に、教えをたれ、生き方を指導するかのように見えた。

彼は窓の外に目をやった。桃の木はふたたび白をまとっていた。しかし今は花びらではなく、雪のひとひらひとひらが細く固い枝を覆っていた。

二十歳の若い教師として、同じこの場所に坐っていたあの春の午後を思い出した。しかし、今の方がはるかに若いように、自分でも感じていた。

心の中にはふたたび春が訪れていた。

子どもたちの声が銀の鈴のように明るく響いていた。

彼は穏やかに微笑みながら、教壇に立っていた。人差し指で子どもたちを順番に当てて言った。

「はい次！」

「続けて！」


（1906）

山の中の小さな湖　Tengerszem

「ねえ」と女は突然言うと、山の小道で立ち止った。「覚えてる？　ここにあったのよ」

「覚えてるよ」と男は言った。

二人はまるで同じ思い出を振り返り、同じ光景に釘付けになったように、大きく目を見開いた。

「レストランよ」と弾むように女は言った。「豪華でおしゃれな洋風のレストラン。それはそれは大きなガラス張りのテラスもあったわ。それから、ガラスの扉も。大きなガラスの扉」

「そうだったね」男は言った。「朝食をとったたね。小さな湖に面していた。でも、もう少し上の方じゃなかったかな。山頂だろう」

二十年前に二人はここに来たのだった。

紫色のルピナスの花が咲く山の斜面をゆっくりと登りながら、二人はレストランを探した。

建物はたしかに山頂にあった。二階建てで灰色に塗られた建物だった。角にはちょっとした食料品店かスタンドのようなものがあって、冷製の鶏肉やラズベリーのジュース、果物などを売っていた。これには見覚えがあった。

裏手の門を入っていった。暗い廊下で少し迷ったが、しばらくして明るいテラスに出た。小さな湖を望むガラス張りのテラスだった。

「違うわ」女は見るなりきっぱりと言った。「もっと大きかったわ。もっとずっと」

「大きかったし、きれいだったな」と男も同調した。

ガラス張りのテラスでは、何人かが軽食を食べたり、絵葉書をしたためたりしていた。リュックを背負ってハイキングに来た人たちだ。

二人は年配のウェイターを呼び止めた。

「ここにテラスはもう一つあるのかな?」

「いえ、ございませんが。」

「これだったかしら?」互いに顔を見合わせた。「でも変わったわね。改装したのかしら?」

「いえ、そのようなことは」

「信じられないな。ずっとこんな感じだったのかい?」

「さようで」

とにかく二人はテーブルに坐り、アイスクリームを注文した。

ウェイターがアイスクリームを持ってくると、またあれこれと訊ねた。

「で、扉はどこかな？　あのガラスの扉だよ」

「どのガラス戸でしょうか？」ウェイターが訊ねた。

「あのドアだよ。ほら、あの大きなガラスの扉」と言いながら、その大きさを伝えようと、手を大きく振ってみせた。

「ここにはガラスの扉は一つしかございませんよ」ウェイターは答えた。「これです」と指さした。

二人はちょうどその扉の目の前に坐っていたのだった。

「おかしいな」二人は驚いた。「まったく気づかなかったね」

扉は古びて小さく、擦り切れていて、小さなガラスが何枚もはめ込まれていた。趣味の悪い緑色に塗った鉄格子がはめられていた。二人は苦いような気持ちでそれをじっと見つめた。時の流れを感じて、言葉どおり胸が痛んだのだ。まるで夢の一場面か若かったあの頃を見つめるように、扉をじっと見つめた。とてもそれだと判らなかった。どこが開いてどこにつながっているのかと、あれこれ調べてみた。

「ありえないわ」女は意地になっていた。「まったくありえない」

「でもやっぱりこれだよ」男は言った。「間違いはあるものさ。これだけ時が経ったんだから。がっかりもするさ」

二十年前のあの頃、この場所がどんなにきれいで魅力的ですばらしく見えたかを思うと、二人は苦笑した。あの頃の自分たちの未熟さ、幼さを笑った。

「これじゃ、うちのガラス戸の方がよっぽど大きいな」と男は言った。「ずっと大きいよ」

「大きいし、きれいだわ」と女も言った。そしてアイスクリームを口に運んだ。二人はそれ以上ひと言も口を利かず、ただ黙って食べた。

歳をとった、と二人は突然感じたのだった。

世界が美しく見えるごまかしや幻想はもはや存在しない。すべてはあるがままだ。この世界に何か期待しようにも、自分たちにはもう奇跡は起こせない。といって、世界の方からこちらに何を与えてくれるというのだろう。せいぜいのところ、この粗末な薄汚れたガラスの扉くらいのものだ。人生はこうして過ぎて行くのだ。

女は手鏡を取り出し、じっと自分の顔を見つめた。額にも目の周りにも、皺ができていた。これまで気がつかなかった皺だった。顔色は悪く、疲れて見えた。ルージュを取り出して塗った。

男は詩人だったが、外の景色に目を向け、小さな湖を眺めた。その氷のように冷たい、ぞっとするようなどす黒い水に、たったひとつ真っ赤なボートが浮いていた。

男は怒ったように眉をひそめた。そして、いつも腹立たしい時はそうなのだが、唯一の慰めである仕事のこと、自分の職業のことを考えていた。

「なあ」と女に向かって話し始めた。「僕はだいたい、文学史の中で盲目的な勘違いで〝大詩人〟に祀り上げられた奴らが大嫌いなんだ。そういう奴らは大概なんでもかんでも一括りにして、予言だか説教だかを大声で吠え立てて、海みたいに騒々しいんだ。中身がないし、海の水みたいにとても飲めたものじゃない。本当のところ、ささやかなものこそもっと内実があるのさ。ちっぽけだとしても、それが完璧だったら、その方がどれだけいいか。おい、聞いているのか？」

「聞いてるわよ」女は頷いたが、まったく聞いていなかった。さっきからずっと不満そうに手鏡を覗き込んでいたのだ。

「つまりね」男もまた女のことは気にもかけずしゃべり続けた。「これからは僕はちっぽけな詩人でいたいと思うんだ。大詩人じゃなくてね。この湖みたいに小さい詩人。そして深い詩人にさ」


（1933）

訳者解説　コストラーニ文学の普遍性　近代ハンガリーという特殊性のなかで

本書はハンガリーの作家コストラーニ・デジェー（Kosztolányi Dezső 1885 - 1936）の短篇選集である。日本ではまだコストラーニの名に馴染みのある人はほとんどいないであろうが、二十世紀初頭から大戦間期のハンガリー文学界を代表する詩人であり小説家、評論家また翻訳家として膨大な作品を残した作家である。本編は、生涯にわたって新聞雑誌に作品を発表したコストラーニが、さまざまな文芸誌に掲載した二〇〇篇を超える短篇小説から十七篇を選んで収録した。

コストラーニ文学の普遍性はどこからくるのか?

コストラーニ作品を初めて手にした読者は、おそらく一世紀前の中欧という時間的地理的隔たりをあまり感じることなく、その世界に入っていけるのではないかと思う。たとえば、あどけない少年の成長とその過程の中で人生の哀しみを知る「太っちょ判事」や「鍵」、中年夫婦のすきま風や老いをテーマにした「古い桃の木」と「山の中の小さな湖」。また、「中国製の水差し」は貧しさと葛藤する庶民の喜怒哀楽の人生をおかしみと温かいまなざしを込めて描き、「フルス・クリスティナの不思議な訪問」は待ちに待ったことが実現した瞬間の期待外れ感という誰しもが経験することを、死んだ恋人の再訪の中に表現している。比較的若い頃の作品には、若い夫婦の情愛を描いた「二つの世界」や、若者の純粋な友情をテーマにした「エイプリルフール」といったみずみずしく抒情的なものがある一方で、万人にいつ何時訪れうる非情な死を午後二時半から三時という時間枠を設定して無機質的な筆で描いた「水浴び」のような作品がある。これらコストラーニ短篇が繰り広げる人生や生死というテーマは、国や時代を超える普遍的なものとして、私たち日本の読者をも強く惹き込むのである。

中には、子ども時代や青春時代の作家自身が色濃く反映されている作品がある。「結婚披露宴」はおとぎ話のような語りの中に、病的気質であった幼少期の母への強い愛情が「ウェディングドレスをおくるみに縫い直した」という実話を挿入しながら表現される。「マーチャーシュの婚約者」の主人公は、故郷であるハンガリー南部の町でオスカー・ワイルドに夢中になっていた文学青年であった頃の作家自身を彷彿とさせる。また、「エイプリルフール」は医学生となって上京した弟といとことの三人の共同生活がモデルとなっており、通りの名前まで同一である。「中国製の水差し」は一番の友人であった作家カリンティ夫妻の家で、大資本家で雑誌『西方《ニュガト》』を立ち上げから支援したハトヴァニ・ラヨシュが、誤って置き物を割ったことに構想を得ている。

中欧の小国ハンガリーの文学について まず外国に紹介されるのは、「国民詩人」とされるペテーフィやアディ、ヨージェフ・アティッラである。訳者自身もこれまでペテーフィ、ヴェレシュマルティ、アラニュ、ヨーカイなど十九世紀の詩人らが関わる国民形成運動の研究を続けてきたことから、やはりこれらハンガリーの「国民詩人」の作品を少なからず読んできた。そこには、一方で小さな民族がその言語を拠り所として生き残りをかけた心の叫びがあり、他方では他民族支配からの独立、そして民主主義と自由平等といった近代的理想社会を求める叫びがある。それはそれでハンガリーを理解する上でもちろん大切なのだが、同時に純粋な文学鑑賞者としては、「民族の運命」の問題に彼らと同じくらい激しい執念をもつことはなかなか難しいとも思う。むしろ読み深めるほど、一日本人としてある種の〝疎外感〟を感じ、彼らの熱量に振り回され置いてきぼりにされる寂しさを感じるくらいである。

これに対し、いつ頃からか、またどういうわけかコストラーニという作家に関心をもち、長篇小説や短篇作品を読んだり翻訳を試みたりするようになった。しかし、なぜコストラーニ文学をこんなに身近に感じるのかこれまで深く問うことのないまま、ただ自然に惹かれていたように思う。以下では作家の生涯と二十世紀初頭のハンガリーの特殊な事情について紹介しながら、コストラーニ文学のもつ普遍性がどこからくるのか、あらためてその秘密を探っていきたい。

生い立ち～作家になるまで

コストラーニは一八八五年、オーストリア・ハンガリー二重君主国のハンガリー南部にあるサバトカ（現在セルビアのスボティツァ）に生まれた。子ども時代に同居していた祖父は、ハプスブルク帝国からの独立を求めた一八四八年革命の将軍として、敗戦後には国外亡命も経験した。父親は数学と物理の教師で、高校の校長を長年つとめた町の名士であった。教養があり子供好きの父と優しい母、弟と妹とともに伝統的なカトリックの家庭環境で育ち、近くには母方の年の近いいとこたちがいて、その一人はのちに精神科医で小説家となるチャート・ゲーザであった。幼い頃は虚弱体質で神経質な難しい子どもだったようである。いつも抗不安剤を飲まされ、発作で舌を噛まないように、ズボンのポケットにはティースプーンが縫い付けてあったというエピソードが残っている。早くから文学への関心を示し、十六歳の時には『ブダペシュト日報』紙に投稿した詩が編集部の目に留まり、掲載されている。高校では文芸サークルで活躍するものの、教師への反抗的な態度やサークル内でのトラブルから、卒業まで数カ月を残して退学を命じられ、同じく南部の都市セゲドの高校でなんとか卒業資格を得たあと、ブダペシュトの大学に入学し上京した。

大学ではハンガリー語とフランス語を専攻し、同学年にはともに二十世紀初頭の文学界を代表する詩人となるバビッチ・ミハーイとユハース・ジュラの二人がいた。この二人の親友にコストラーニは絶大な信頼を寄せ、世界文学をめぐって浴びるように議論をしていたことが、残された多くの書簡からも窺える。学期期間中はブダペシュト、休暇は故郷のサバトカで過ごし、二年目はウィーンに留学するがあまり馴染めなかったようで、ホームシックに苦悩しながらハンガリー語やハンガリー文学への思いをより強くしていった。

雑誌『西方』の創刊号とアディ・エンドレ

雑誌『西方』と詩人アディへの反感

こうしてコストラーニが大学生活を送り始めてしばらくした一九〇六年、アディ・エンドレが『新詩集』を発表した。斬新なスタイルの詩作で衝撃を与えたアディは、瞬く間にハンガリー文壇のスターになる。当時アディは『ブダペシュト日報』の文芸部の記者であったが、この年パリに去ったため、二十歳そこそこのコストラーニがこの後釜として職を得た。大学は親の期待に反して教員免許をとらないまま中退している。翌年には最初の詩集『四面の壁のはざまで』を発表し、作家の仲間入りを果たした。一九〇八年には進歩的で自由主義を掲げた新しい文学雑誌『西方』が刊行された。コストラーニは、初年は『西方』に詩一篇を発表しただけであったが、瞬く間にその数は増え、一九一〇年には同誌に「哀れな幼き子の嘆き」と題した十七篇の詩が一気に掲載された（後年これは六十篇を超える代表的詩集となる）。こうしてコストラーニは『西方』第一世代を代表する作家となった。

『西方』は十九世紀のロマン主義的国民文学の伝統から決別し、ハンガリー詩に西欧的象徴主義などのモダニズムをもたらしたアディを中心に、革新的な文学の潮流となってハンガリーを席巻した。二十世紀初頭の若い詩人や作家は、ほぼ例外なくこの『西方』と接点を持っていたといっていいだろう。それゆえそこに集う作家らは文学スタイルも思想的傾向もきわめて多様であったが、自由と芸術的価値を何よりも重視するという一点を共有し、次々と才能が見いだされていった。

しかし、その『西方』におけるコストラーニの占める位置は複雑であった。それはひとえにアディに対する反発からきている。『新詩集』の出版がハンガリー文学界を大きく揺さぶる反響を呼んだ頃、コストラーニはバビッチに宛てて、「この〝馬鹿な本〟について君はどう思うか、また〝ハンガリーを呪い、陰鬱な荒れ地（ugar）と呼び、偉大なる挑戦者である自分は（まったくどこを目指して息巻いているんだか）それに押しつぶされる〟という言い方をどう思うか、ぜひ聞かせてくれ」と憤懣あらわに書いている。コストラーニがこのようにアディを嫌ったのは、当初、自身の初詩集に対してアディが否定的な批評をしたことを発端に強いライバル意識を持ったことが大きな理由であった。しかし、彼のアディ・コンプレックスはこのライバル詩人の没後まで四半世紀にわたって続いており、これは後述するようにハンガリーにおける文学と政治の関係性という問題に深化し、コストラーニの作家としての姿勢に強く影響することになる。

いずれにせよ、このハプスブルク家の帝国の黄昏時代は、まだ穏やかで平和な時代であった。ブダペシュトのあちこちのカフェには大勢の作家や雑誌編集者が昼夜問わず陣取り、煙草やブラックコーヒーを片手に、そしてもう片手にペンを取り、際限ない文学論議を繰り広げていた。コストラーニもまた新進気鋭の詩人また文芸記者として、同年代のカリンティ・フリジェシュやフシュト・ミラーンはじめ多くの文学仲間と交流を持った。また、当時駆け出しの女優であったハルモシュ・イロナと知り合い結婚、やがて第一次世界大戦開戦後の一九一五年には一人息子アーダームを授かるなど、人生の転機を次々と経験した時代であった。

20世紀初頭作家たちの活動拠点となったカフェ・ツェントラル。『西方』第一世代の作家らは、毎週火曜日にここで編集会議を開いた（写真は1910年代）。

歴史の渦の中の孤独（一九二〇年まで）

その後の数年間は、コストラーニとハンガリー文学界全体にとって大きな試練となった。第一次世界大戦が終結し、ハプスブルク家が統治する多民族帝国が崩壊すると、ハンガリーでは短期間に連続して革命が起き、政権が交代する。一九一八年秋のカーロイ・ミハーイによるブルジョア民主主義革命では、作家らがハンガリー共和国建設を後押しして、自由主義的な文学団体ヴェレシュマルティ・アカデミーを創立した。革命的精神の象徴であったアディを会長にするものの、この時アディはすでに重篤でこの二か月後に死去し、モーリッツ・ジグモンドがその遺志を継いでいる。しかし、カーロイ政権が半年で崩壊し、一九一九年三月にクン・ベーラが共産主義革命を起こしてタナーチ（ソビエト）共和国を樹立すると、ヴェレシュマルティ・アカデミーは廃止され、今度は作家管理局《ディレクトリウム》が発足する。そして同年夏にわずか四か月余りで社会主義政権が崩壊し、保守右派のホルティ・ミクローシュがハンガリー王国を復活させ摂政となると、左派の作家らを中心としたこの文学機構も禁止された。翌一九二〇年には、連合国によるトリアノン条約によってハンガリー王国の領土の三分の二が新興諸国家に割譲され、民族の分断という事態を迎えるのである。

二つの革命と「トリアノンの悲劇」という荒波に揉まれながら、ハンガリー人作家たちは大戦後ヨーロッパの先の見えない再編の渦の中で文学が果たす役割を模索していた。作家らの政治への関わり方はさまざまであった。カーロイの社会民主政権に希望を抱いたものの、クン・ベーラの独裁と粛清に失望した者。社会主義革命でプロレタリア国際主義と文学の可能性に賭けたものの、ホルティ政権によって国外亡命や公職追放の弾圧に遭った者。『西方』世代の作家はみな、何らかのかたちでこの怒濤の変動の中にたち現れては消える文学活動に関わった。国家と民族の存続のために、そして理想的社会の実現のために文学が何をするべきかを模索し続けたという点では、彼らの活動には継続性があったと見ることも可能かもしれない。しかし、各々の作家の政治的志向はさまざまで、その点からいえば烏合の衆であり、まとまっていたわけではない。

そして、この時代のコストラーニはさらに矛盾に満ちていたといってよい。社会民主革命では、『西方』第一世代の他の作家らとともにコストラーニも文学団体の創立に関わった。また、社会主義革命下の作家管理局《ディレクトリウム》でも初期のメンバーにその名を連ねている(これについては、近年の研究でその主体的な関わりが否定されている)。そして驚くことには、トリアノン直後には今度は極右民族主義の新聞である『新世代』紙の編集部に職を得ており、反ユダヤ主義的な記事も書いているのである。トリアノンを挟んだ二年ほどの比較的短い期間とはいえ、コストラーニのこの一見して激しい政治的〝転向〟は理解しがたく、解釈や評価が分かれるところである。戦後、マルクス主義文学批評においてコストラーニがある種の否定的評価を受けてきた理由の一つもここにあるといえる。彼の行動の背景には、ホルティ期に共産主義者だけでなくカーロイ政権に協力した者までが白色テロルの標的となり、コストラーニも身の危険を感じていたこと、トリアノンで縮小したハンガリーでは経済危機と同時にハンガリー語新聞の発行も激減し、作家らが執筆する場を失うのみならず日々の糧にも困窮する中、『新世代』は比較的高額な報酬を保障したこと、など複合的な事情があったと考えられる。

いずれにしても、コストラーニはこの間、葛藤のなかで政治そのものへの嫌悪感を強めていったことが真実といえる。彼の政治不信をあらわすエピソードに、かつて『ブダペシュト日報』の編集部で机を並べた同僚であったクン・ベーラが頭角を現した頃、その自宅で個人的な会話を交わしたことが残されている。「プロレタリア国家に君は必要ない。詩など要らない。何か手に職をつけるんだな。偉そうに説教するなら君を処刑してやる」と面と向かって言われ、驚いたという。また、トリアノンによって故郷の町がセルビアへ割譲され、数年間帰郷することができなかったことや、その間校長の職を解雇された父親が、セルビア語の試験を受けてなんとか家庭教師として食いつなぎ、困窮と失意の老後を余儀なくされたという個人的体験も影響したと思われる。このようなエピソードの数々はさておき、近年、社会主義革命下やホルティ政権期における作家らへの圧力やそれに対する抵抗などについて、新たな史料研究やテクスト批評が始まっている。コストラーニに限らず、大戦間期の文学活動の実像について批判的再検討、再評価が進められており、今後の研究が待たれるところである。

ふたたび『西方』、そして政治からの決別

一九二〇年代のハンガリー文学界は喪失状態から始まった。精神的指導者であったアディは死去し、ユダヤ系左翼作家たちや『西方』で中心となって活動したバビッチもまた亡命した。コストラーニの身近なところではさらに、いとこで精神科医であり作家であったチャート・ゲーザが長年にわたるモルヒネ中毒で精神に異常をきたし、妻を射殺し、自らも服毒自殺するという非業の死を遂げている。コストラーニはいつしかふたたび『西方』の中心メンバーとして期待されるようになっていた。

近代のはじまり以来、ハンガリー文学は政治を背負い、社会が目指すべき姿を提示し、それに向けて人々を突き動かすことを使命としてきた。それはハンガリー文学の伝統とさえいえるだろう。二十世紀初頭、その象徴的存在であったのは、まぎれもなく詩人アディであった。アディの死後、作家たちはアディの銅像建設のための委員会を発足させ、募金に奔走し、全国統一アディ追悼の日を構想し、アディ博物館建設計画まで持ち上がっていた。危機の時代にあったハンガリーで、アディは死んでもなお政治思想の違いを超越して「ハンガリー民族の救世主《メシア》」であり続けたのである。

しかし、国を挙げてのこの「アディ信仰」が、コストラーニの目には二十世紀の新たな家父長的文学アカデミズムに映るのだった。コストラーニはハンガリー文学の伝統を否定し、文学を政治から解放しようと試みる。この時期のコストラーニは、右翼紙の『新世代』とリベラルな『西方』という、政治的に相反する二つの刊行紙を同時に活動の場とし、その後『新世代』を離職すると、保守でキリスト教の『ペシュト新聞』の専属編集者になっている。このようなコストラーニのますます複雑で矛盾した政治的姿勢は、周囲から理解されるわけもなく、右派からも左派からも批判を受けることになる。しかし、社会の混乱と生活の困窮の中で、社会民主主義にも社会主義にも幻滅し、ホルティ政権にも冷めた目を向けていたコストラーニ自身にとって、これら一連の行動は実は矛盾することではなかったようである。「私は政治的に独立であり、文学についてしか書かない。政治については一行たりとも書かない」「ハンガリー語を話す人間はみなハンガリー人。誰であろうがただ一つの民族やただ一つの社会階級のためにわめきたてる者を私は憎む」という発言にあらわれているように、ナショナリズムであろうとインターナショナリズムであろうと、文学に政治を持ち込むことを嫌悪し、文学と政治を完全に切り離すようになったのである。文学仲間には受け入れがたいこの態度を、彼自身はむしろ、政治的立場の違いを越えて自由主義と芸術至上主義に拠り立つ『西方』創刊時の精神に立ち返るものだと考えていた。

長篇小説『ひばり』『金の凧』『エーデシュ・アンナ』

しかし、このコストラーニの態度は『西方』のメンバーにも理解されることはなく、孤立を深めていく。彼の弁明、いやむしろ意思の表明ともとれる一節が、一九二六年に発表した長篇小説『エーデシュ・アンナ』に書かれている。この作品は、地方から上京して上流家庭で質素堅実に働く年若い女中が、心理的束縛と依存、非人間的な処遇に耐えかねて、ついに主人である夫妻を惨殺してしまう悲劇である。この物語の枠組みとして最初と最後に描かれるのが、共産主義政権が崩壊し保守体制が復活した直後の混乱したブダペシュトの町である。その最終章で、コストラーニはあえて実名で自分自身を登場させ、家の前を通りかかった選挙運動中の三人の男に次のように噂話をさせ、揶揄させるくだりがある。

「たいそうな共産主義者だった」
「あれが?」と一人が言った。「だって今はたいそうなクリスチャンじゃないか」
「そうだよ」ともう一人が話を広げた。「白色テロルの味方だって新聞で読んだぜ」

「立派なアカだったのさ」……

この後、「じゃあ結局のところ誰とつるんでいるんだ」という疑問に対し、一人が次のように答える。

「誰にでもついて、誰にもつかないのさ。風の吹くまま。ユダヤ人が金を出しゃそっちにつくし、今はクリスチャンに食わせてもらっている。かしこい奴さ。うまくやってる」

そして、〝三人の意見はこのように一致したが、やはりまだよくわからないようだった。その顔にはいつも一つのことしか考えていないことがありありとしていたし、二つのことは考えられないことも見て取れた〟と続き、やがてその話し声も〝犬の吠えたてる声にかき消されて〟しまうのだった。どのような思想も、政治権力を手にすると違う顔を見せる――激動の時代にあらゆる政治理念に潜む「二面性」を身に染みて経験したコストラーニの文学は、この頃から人間の心理という普遍的な問題に関心を集中させていく。

一九二〇年代のコストラーニは優れた長篇小説を次々と発表し、誰もが認めるハンガリーを代表する作家になった。一九二二年発表の『ネロ、血に染まった詩人』では、古代ローマ帝国を舞台に政治権力と芸術への執着のはざまで破滅していく人間を描き、ドイツの作家トーマス・マンが序文に最大級の讃辞を送った。二四年には〝行き遅れた〟一人娘が家を離れた一週間の老夫婦のようすを描いた『ひばり』を発表し、共依存から逃れることのできない家族の哀しみをえぐり出した。翌二五年の小説『金の爪』では、田舎町の教師が教育者と父親として合理性と非合理性の矛盾を克服できずに自殺の道をたどる悲劇を描いた。またこの間、『哀れな幼き子の嘆き』の続篇ともいえる詩集『哀しき大人の嘆き』(一九二四年)も発表している。

短篇の魅力とエシュティ・コルネールというキャラクター

晩年のコストラーニは、アディに関する批判的評論を発表して、ふたたび『西方』の文学仲間らから総批判に晒されるなど、ほぼ完全に孤立した状態にあった。しかし、それは隠遁生活を送ったという意味ではない。むしろ逆に、より重い責任を負ってハンガリー文学界を牽引することとなる。バビッチとモーリッツが社会主義革命下での活動を追及されて、十九世紀以来の伝統をもつペテーフィ文学協会から追放の決定が下されると、コストラーニはこれに対する抗議を行い、その後同協会を脱退した。彼の呼びかけに応じて、じつに六〇名以上の作家がこれに追従した。この二人はアディ論をめぐってコストラーニを批判し対立した相手であったが、彼は「政治を理由に文学者が文学者を裁く」事態を許すことができなかったのである。翌一九三一年にはハンガリーペンクラブ会長にも就任したが、内部抗争を収めるために、翌年には辞職に甘んじている。政治をめぐって争いの絶えない文学界を、コストラーニは「ちっぽけな文学聖人たちの格闘技場」「政治家どもの集うカジノ」と皮肉を込めて評している。息苦しさに耐えかねる時は、翻訳に没頭することも多かった。シェイクスピアからバイロンやオスカー・ワイルドまで、モリエールからモーパッサンまで、またゲーテからリルケまで、英語、フランス語、ドイツ語から数多くの作品をハンガリー語に翻訳した。世界文学への興味は漢詩や和歌・俳句にまで広がり、英語やドイツ語から万葉集や古今集、また同時代の和歌の翻訳も手がけた。

波乱の歴史、さまざまな人間の笑いと悲劇、渦巻く論争……コストラーニは自身の人生とその時代に生きる人々をやがて秀逸の短篇に映し出していく。その中で生まれたのが、〝エシュティ・コルネール〟という作品中の人物である。コストラーニはこのキャラクターを最期まで大事に温め育てた。エシュティ・コルネールは作家コストラーニ自身のもう一人の「自我」である。作家志望の大学生や駆け出しの小説家、脂ののった中堅作家や死の影が見える晩年の文豪など、さまざまに姿を変えてはこの騒々しく気違いじみた世界を飛び回る。現実の作家と違って自由で何にも縛られず、ユーモアと皮肉で人間社会を次々と斬っていくのである。一九三三年にはこのキャラクターが登場する作品をまとめて、十八章からなる小説『エシュティ・コルネール』を発表している。さらに、一九三六年の死の直後に発表された最後の短篇集には、「エシュティ・コルネールの冒険」と題する章にその他の短篇が収録された。本編では比較的早く書かれた二つの作品「ヴォブルン風オムレツ」「二匹のジャッカル」と晩年の「エシュティと死」「嘘」を収録している。近い将来、ぜひ小説『エシュティ・コルネール』の奇想天外な世界を日本の読者に紹介することを、訳者の次なる目標にしたいと思っている。

コストラーニは生涯にわたってしばしば論争を巻き起こし批判を浴びた作家であったが、素顔は温厚で陽気な社交性のある人物であった。コストラーニ夫人の手になる伝記によれば、彼は一日中書斎で原稿を書き、午後の散歩では必ず近所に住む昔の女中の台所に立ち寄って世間話に興じ、気分が乗ると家族に向かって一日じゅう韻を踏んで話すこともあったという。『エシュティ・コルネール』の発表後まもなく発病した口腔がんのため長く苦しい闘病生活を送った末、一九三六年に五十一歳でこの世を去った。この時、ドイツではナチスが台頭し、彼を称えたトーマス・マンもドイツ

『西方』25周年に集う作家たち。右からカリンティ・フリジェシュ，コストラーニ・デジェー、バビッチ・ミハーイ、フシュト・ミラーン、トゥルク・ソフィー（バビッチの妻）、トート・アラダール、モーリッツ・ジグモンド（以下省略）

を去り、あらたなヨーロッパの危機の時代が始まっていた。もしナチズムと第二次世界大戦をコストラーニが生きたなら、彼は何を考え、どのような作品を書いただろうか。人間社会が引き起こした想像を絶する非人間性を、ふたたびエシュティ・コルネールが奇想天外な語りで私たち読者に突きつけてきたにちがいない。

二十一世紀の日本人読者をも惹きつけるコストラーニ文学の普遍性は、逆説的ではあるが、特殊な時代の特殊な小国に生き、激動の歴史の中で試行錯誤を重ねた作家の人生があってこそ到達したものであろうと思う。民族の運命という壮大なテーマを語るのではなく、一人ひとりの小さな人間、あらゆる人間に潜む真理を書くこと――コストラーニ自身のことばから選ぶとすれば、本書の最後に収録した晩年の作品「山の中の小さな湖」で、主人公が〝予言だか説教だかを大声でわめきたてる大詩人〟を批判したあとつぶやくことばが、コストラーニ文学の真髄をシンプルで力強く表していると感じるのである。

「僕はちっぽけな詩人でいたいと思うんだ。大詩人じゃなくてね。この湖みたいに小さい詩人。そして深い詩人にさ」

本書所収の作品の翻訳では、Réz Pál編、*Kosztolányi Dezső összes novellái* I-II. köt. Osiris Kiadó, 2007を底本にした。ハンガリーの人名はすべて、姓・名の順に表記した。ハンガリーにおけるコストラーニ研究の第一人者であるアラニュ・ジュジャンナさんには、コストラーニと同時代のハンガリー文学について訳者が出した数多くの疑問に真摯に答えていただき、最新のコストラーニ研究の動向を知ることができた。ハンガリー語テクストの解釈についてはコヴァーチ・レナータさんから、また日本語への翻訳については早稲田みかさんから、さまざまな意義あるアドバイスをいただくことができた。ここにお礼申し上げます。そして、未知谷の伊藤伸恵さん、および飯島徹さんには、早くからエシュティ・コルネールの魅力を理解していただいたことに心より感謝します。

Kosztolányi Dezső
（1885-1936）

ハンガリーの詩人・作家・評論家。オーストリア・ハンガリー二重君主国のサバトカ（現セルビアのスボティツァ）に生まれる。詩集『哀れな幼き子の嘆き』（1907年）で文壇デビューし、生涯にわたり多数の新聞雑誌で文芸記者として詩・小説・評論を発表。とくにハンガリー・モダニズム文学の礎を築いた雑誌『西方』の第一世代を代表する作家の一人。後年、ハンガリー・ペンクラブ会長も務める。代表的な長篇小説に『ネロ、血に染まった詩人』『ひばり』『エーデシュ・アンナ』『エシュティ・コルネール』など。

おかもと まり

一橋大学大学院社会学研究科博士後期課程単位取得退学。大阪外国語大学助手を経て、現在大阪大学大学院言語文化研究科教授。研究テーマは近代ハンガリーの民族言語文学運動・文学史。主な著書：『ハンガリー語』（大阪大学出版会、2013年）、『ヨーロッパ・ことばと文化——新たな視座から考える』（共著、大阪大学出版会、2013年）など。

ヴォブルン風《ふう》オムレツ
コストラーニ・デジェー短篇集

二〇一八年三月二十日初版印刷
二〇一八年四月 十 日初版発行

著者 コストラーニ・デジェー
訳者 岡本真理
発行者 飯島徹
発行所 未知谷
千代田区神田猿楽町二-五-九 〒101-0064
Tel.03-5281-3751 / Fax.03-5281-3752
〔振替〕00130-4-653627
組版 柏木薫
印刷 ディグ
製本所 難波製本

Japanese edition by
Publisher Michitani Co. Ltd.,Tokyo
© 2018, OKAMOTO Mari
Printed in Japan
ISBN978-4-89642-546-8 C0097